ARCHE

Jürg Amann

Die kalabrische Hochzeit

Roman

ARCHE

In memoriam L.P.

Originalausgabe
1. Auflage

Umschlag: Max Bartholl,
b3K, Hamburg – Frankfurt a. M.
Umschlagmotiv: plainpicture / M. Blasius
Satz: Greiner & Reichel, Köln
Druck und Bindung:
CPI – Clausen & Bosse, Leck
Printed in Germany
ISBN 978-3-7160-2615-1

www.arche-verlag.com

du es, Emma? Das hatte sie berührt. Das war ihr nahgegangen. Und plötzlich war sie ihm wirklich ganz nah gewesen.

In seine Feinfühligkeit hatte sie sich verliebt. Auch dann, aus der Nähe, als sie wieder zurück war. In seine Fürsorglichkeit, die neu für sie war, nicht nur von ihm, in seine Aufmerksamkeit, die sie so von einem Mann noch nie bekommen hatte. Nicht einmal von ihrem Vater. Von dem schon gar nicht. Und diese Fürsorglichkeit und Aufmerksamkeit schienen anzuhalten. Sie war gefährdet. Ihr musste geholfen werden, das war jetzt Carlos Überzeugung gewesen. Und sie hatte das brauchen können. Emma, bist du es?, dieser Frage nach ihr, nach ihrer Person, nach dem, was sie war, hatte sie offenbar mehr bedurft, als sie es sich vorher jemals eingestanden hatte. Ja, sie, Emma, sie war es.

Ihr musste geholfen werden, notfalls auch professionell, das war seine Meinung, und sie begann sie mit ihm zu teilen. Es war ja auch seiner Meinung nach nicht normal gewesen, dass sie einfach gegangen war, in ihren Sommer, auf dieses Schiff, nach Griechenland, mit ihren anderen Freunden, die er nicht einmal kannte, ohne ihm vorher etwas davon zu sagen, er hatte ja recht. Von ihren Essstörungen gar nicht zu reden. So war sie also zu seiner Psychologin gegangen, zur Psychologin, die er ihr genannt hatte, und prompt hatte sie wieder vernünftig zu essen begonnen, und schon nach wenigen Sitzungen kehrte, nach einer halben Ewigkeit, während deren sie ausgeblieben war, sie wusste nicht mehr, seit wann zum ersten Mal wieder, die Menstruation zurück. Heißt das jetzt, dass du dich in mich verliebt hast?, hatte Carlo sie daraufhin gefragt. Aber sie hatte es verneint, und selbst wenn es so gewesen wäre, sie hätte das nicht gewollt, es wäre ihr nicht recht gewesen, im Grunde war, wenn sie ehrlich mit sich war, das dominierende Gefühl, das sie ihm gegenüber empfand, noch immer ein Gefühl der Angst gewesen.

Auch vor ihm hatte sie also Angst gehabt, keine physische, reale, wie vor Lorenzo manchmal, aber eine umso existenziellere Angst, von Anfang an und bis zuletzt, oder doch beinahe bis zuletzt. Vor dem Abgrund, der er war, als den er sich selbst bezeichnete. Was hatte sie von ihm denn gewusst? Was hätte sie wissen können? Was hätte er sie wissen lassen? Außer, dass man vor dem Tor zur Hölle stand, wenn man vor ihm stand, wie er einen anderen immer gerne zitierte. Das galt für alle. Aber hinter dem Tor, hinter der Türe, was war da? Wie sah diese Hölle aus? Wie sah seine Hölle aus der Nähe aus? Diese Nähe von Hölle zu Hölle hatten sie nicht gekannt. Nie. Ihre Höllen blieben unter dem Firnis der Kultur, die sie miteinander teilten, wenn sie Ausstellungen miteinander besuchten, Konzerte, Lesungen, und wenn sie miteinander darüber sprachen, verborgen. Und ein paar Monate später war sie schwanger gewesen; da war für die Hölle kein Platz mehr.

Dann kam der Umzug nach Triest. Würde es dir da gefallen?, hatte er sie plötzlich gefragt, nach einer Pragreise, zu Kafka, wie es ihm wichtig gewesen war zu betonen, dem Erdenker des Höllengleichnisses, wie Carlo es nannte, im Unterschied zum Höhlengleichnis von Plato, auf der Heimfahrt, als sie auch noch einen Abstecher zum anderen Prager Dichter gemacht hatten, nach Duino, wo der seine Elegien geschrieben hatte, am Golf von Triest. Würde es ihr da gefallen? Warum?, hatte sie zurückgefragt. Warum nicht?, hatte er geantwortet: Hier ist das Meer. Warum nicht, hier war das Meer. Dagegen ließ sich nichts sagen.

Sie hatte also um ihre Versetzung nachgesucht. Sie hatten diese Wohnung gefunden, im fünften Stockwerk, ohne Lift, aber mit Blick über die Dächer der Stadt und über das Meer, das war das Wichtigste gewesen. Im Juli waren sie eingezogen, wenn sie sich richtig erinnerte. Im Oktober dann hatten sie geheiratet. Und dann war auch bald schon das Kind zur Welt gekommen, ihre Tochter, Laura, die sie endgültig zusammengebracht und zusammengehalten hatte. Sie, Emma, war nach kurzer Zeit wieder Lehrerin geworden, am städtischen

Liceo Classico, sie lehrte die Schönen Künste, er, Carlo, hatte die Rolle des Hausmanns übernommen, ohne besondere Aufgaben, wie man im Schuldienst gesagt hätte, außer der, seiner Berufung nachzugehen und ab und an ein Gedicht zu verfassen und gleich wieder zu verwerfen. Alles andere, also das seiner Meinung nach Unwichtige, also zum Beispiel den Lebensunterhalt und die Lebenserhaltung, überließ er dem Schicksal und seiner Frau.

Sodass er ihr bald zur Last geworden war. Zu einer Last, die sie, da sie für ihr Kind und mit ihrem Kind stark geworden war, notgedrungen, was war ihr anderes übrig geblieben, zuerst gar nicht spürte. Nach außen war alles gut gewesen. Triest, die neue Stadt, in der sie niemanden kannte, in der sie niemand kannte, fern von ihrer Herkunft, hatte ihr eine bisher unbekannte Freiheit gegeben, die sie manchmal genoss. Aber eine Freiheit wozu? Er zog ja nicht mit, bei nichts. Im Gegenteil. Er hielt sie zurück. Er bremste sie, mit seinem ganzen Gewicht, mit dem Gewicht seiner schwermütigen Seele, das ihn selbst niederdrückte und alles, was um ihn lebte und webte. Er fürchtete sich vor jeder Bewegung, vor jeder Veränderung. Ihn ermüdete alles, wenn es auch außerhalb seines Kopfes, auf dem Globus, auf dem Boden der Erde stattfinden sollte. Schon eine Reise nach Georgental, wie er sich auch dabei auf seinen Kronzeugen Kafka berief, hätte ihm Angst gemacht.

»Su quel treno di Taranto, infinito,
ove guarirà l'ombra della mia giovinezza
io tornerò un giorno.«

Alda Merini, »Vuoto d'amore«

I

Seit Stunden fährt sie nun schon durch dieses Gedicht. So kommt es ihr vor. Sie bekommt es nicht aus dem Kopf. Aus der Seele erst recht nicht. Was immer das ist. Und draußen, vor den Fenstern, vor den Augen, geht es auch nicht mehr weg. Die Küste entlang. Zwischen den Olivenbäumen. An Zedern, Pinien, Kiefern vorbei. An Zypressen. An Eukalyptus; mit den hellen, geschundenen Stämmen; mit der abblätternden Rinde. An Agaven und Kakteen, an Bambus und Palmen. Den Golf von Taranto hinab. Nach Süden, nach Süden.

Es ist heiß. Es ist Sommer. Spätsommer. Die Sonne steht steil. Es geht gegen Mittag. Den zweiten Tag ist sie schon unterwegs. Von Triest nach Venedig. Im Nachtzug von Venedig nach Bari. Und jetzt in diesem Bummler von Stazione Marittima zu Stazione Marittima. Es will nicht enden. Die Kleider kleben ihr auf dem Leib. Sie schwitzt nicht leicht, aber jetzt ist sie nass.

In diesem Zug, sagt sie vor sich hin, in sich hinein, mit diesem Zug von Taranto kehre ich heim. Dahin, wo meine Seele gesund wird. Oder gesundet. Sie spielt mit den Worten und Zeilen. Frei, aus dem Gedächtnis. Wo der Schatten aus meiner Jugend licht wird. Aus meinen jüngeren Jahren. Ausbleicht. Verdampft. Unter der steilen Sonne. So oder so ähnlich. Unter den Oliven. Zwischen Zypressen und Oliven. Wo ich die Liebe verlor. Zwischen Oliven und Zypressen. Es ist ihr Lied geworden. Sie will nicht, dass es endet. Es hat nur die eine Strophe. Obwohl es hier auch noch andere Bäume gäbe. Sie beginnt sie immer wieder von vorn. Aber jetzt weht durch die geöffneten Fenster von allen Seiten der Duft von Zitronen und Orangen herein.

II

Wohin fährst du?, hatte im Nachtzug eine junge Mitreisende sie gefragt, die das Schlafabteil mit ihr teilte. Sie lag unten, die andere Frau oben. Sie hatten noch vor dem Einbruch der Dunkelheit miteinander ein wenig geredet. Zu meinem Verlobten, nach Kalabrien, hatte sie ihr geantwortet. Als ob es die selbstverständlichste Sache der Welt wäre. Als ob sie gar keine andere Wahl gehabt hätte. Zu meinem Verlobten nach Kalabrien. Vollkommen entspannt. Vollkommen zufrieden. Die Zeit der Lügen war endlich vorbei. Es galt kein Gesicht mehr zu wahren, keine Fassade aufrechtzuerhalten, vor niemandem. Jetzt war sie nur noch mit ihm. Jetzt fuhr sie nur noch zu ihm. Und zu den Menschen, die ihm nahe waren; wie sie. Der Ring an ihrem Finger passte dazu.

Und sie hatte der Frau auch ein paar Fotos gezeigt, die sie von ihm dabeihatte. Einen Armreif, den sie ihm einmal geschenkt, den er aber nicht getragen hatte, der zerbrochen war, der wieder in ihre Hände zurückgekommen war, in zwei Stücken, der schwer in ihren Händen lag, sie brachte ihn ihm jetzt wieder mit. Nebst zwei Geldscheinen aus Hawaii, von denen sie nicht mehr recht wusste, was sie für eine Bedeutung gehabt hatten; die hatte er ihr einmal geschenkt. Ganz zu Beginn. Und nebst einer metallenen Rose, die er ihr einmal gekauft hatte. Auch die brachte sie ihm wieder zurück.

III

Am Bahnhof von Rossano Calabro sollte sie abgeholt werden. So war es ausgemacht. Von seinem Bruder. Den sie nicht kannte. Jedenfalls nicht von Angesicht zu Angesicht. Nur am Telefon hatte sie ihn schon gehört. Sie war die zwei Tritte von der Plattform hinabgestiegen und vor dem Wagen auf dem Bahnsteig stehen geblieben. Während in ihrem Rücken der Zug wieder anrollte. Emma?, sprach sie ein jüngerer Mann an, knapp über vierzig vielleicht, in dunklem Anzug und weißem, offenem Hemd, ein Kind an der Hand, der einzige, der infrage kam, indem er die paar Schritte auf sie zukam, die er von ihr entfernt gestanden hatte, über die rostigen Schienen, die zwischen ihm und ihr lagen, die offenbar nicht mehr genutzt wurden, zwischen deren Schwellen blaue und violette Winden blühten. Vorsichtig, deutlich, noch einmal: Emma? Ja. Es waren nicht viele außer ihr ausgestiegen. Antonio, sagte er. Er streckte ihr die Hand hin. Wieder wunderte sie sich, wie schon am Telefon: Er hatte seine Stimme. Die Stimme seines Bruders. Nie zuvor hatte sie so etwas erlebt, zwei Stimmen, die sich so glichen. Die Brüder teilten die Stimme. Sonst teilten sie nichts, auf den ersten Blick.

Er nahm ihre Tasche, während er gleichzeitig auf den Jungen wies, der neben ihm stand. Das ist Giacomo, mein Neffe, der Sohn unserer Schwester, er wollte unbedingt mitgehen. Das ist Emma, Lorenzos Verlobte, gib ihr die Hand, sagte er. Er ging voran, zurück über das Gleis und durch einen Durchgang zu seinem Wagen, der auf der anderen Seite des Bahnhofgebäudes in der prallen Sonne vor einer Snack-Bar neben zwei, drei anderen Wagen geparkt war. Und zwischen zwei Taxis, deren Fahrer bei offenen Türen vergeblich auf Kundschaft gewartet hatten. Die kleine Gruppe von Passagieren, die mit ihr ausgestiegen waren, hatte sich unter der Mittagshitze schon aufgelöst.

Sie stiegen ein, der Junge nach hinten, das Gepäck auf dem zweiten Hintersitz, Emma neben dem Fahrer, sie betrachtete ihn von der Seite, er ließ die Fenster herunter, bevor er den Motor startete; es war nicht weit. Zwanzig Minuten. Calopezzati hieß der Ort, direkt am Meer gelegen; der schönere Teil, Calopezzati Paese, auf einem kleinen Hügel, Calopezzati Mare, hässlich, eine bessere Strandverbauung, unmittelbar hinter dem Ufer, wie es der Name sagt. Antonio warnte sie.

Die Fahrt ging weiter nach Süden, über versteppten offenes Land, links das Meer, einmal näher, einmal weiter entfernt, dunkel hinter den hellen, blendenden Stränden mit ihren Campingplätzen und Menschentrauben, rechter Hand flache, einsam daliegende Hügelzüge, die einer in den anderen übergingen. Davor da und dort Wassertürme, die aus der Ebene aufragten. Und dazwischen, darum herum, künstlich bewässert, endlose Flächen von Wein- und Zitrusplantagen. Von Zeit zu Zeit überquerten sie ein vertrocknetes Bach- oder Flussbett. Diese Brücken hat Mussolini gebaut, sagte Antonio. Wieder schaute sie ihn von der Seite an. Es war nicht zu erkennen, ob er stolz darauf war oder was er ihr sonst damit sagen wollte.

Der große Bruder also. Von weitem war er für sie immer der kleinere Bruder gewesen. Wieso eigentlich? Sie konnte nicht sagen, warum. Genauso mager oder wenigstens hager wie er. Das Gesicht war nicht schön. Jedenfalls nicht so, auf den ersten Blick und im Profil. Im Gegensatz zu seinem, dem seines Bruders, das für sie das schönste Gesicht der Welt geworden war. In der Art ihrer Bewegungen glichen sie sich, so auf die Schnelle beurteilt; es war ihr Eindruck. Gleich sind wir da, sagte er, indem er ins Steuer griff. Geradeaus war er ein Stück weit freihändig gefahren. Rechts, von der Hauptstraße ab; dann gleich wieder links; und wieder links, durch ein geöffnetes Eisentor, auf einen

Hausvorplatz. Hier, sagte er. Sie lächelte. Du hast seine Stimme, sagte sie. Das sagen viele, sagte er, während er den Motor absterben ließ und die Handbremse anzog.

IV

Das dreistöckige Haus, in dessen Erdgeschoss auch ein kleiner Laden für Honigprodukte untergebracht war, stand etwas erhöht in einer Reihe über der Küstenstraße, der Blick ging darüber hinweg, auf die Strandüberbauungen und auf das offene Meer hinaus, sie waren vor ein paar Stufen, die zum Eingang hinaufführten, seitlich davon zum Stehen gekommen. Als sie eintraten, in einen kleinen Vorraum, der zum Treppenhaus gehörte, stand da die Familie schon zur Begrüßung bereit, einer neben dem anderen und über dem anderen: der Vater; die Mutter; die Tochter, Elisabetta, also die Schwester; der Mann der Schwester, Fausto; die Tochter der beiden, also die Schwester des Jungen, Giacomo, der zum Bahnhof mitgegangen war, Francesca mit Namen, ein junges Mädchen. Antonio stellte sie einzeln vor, und Emma gab ihnen allen der Reihe nach die Hand. Die Mutter wollte die Hand nicht mehr lassen. Sie küsste sie, zog Emma am Arm zu sich hinunter, umarmte sie, drückte sie an sich. An ihre weiße, weiche, schweißfeuchte Wange. Über ihrer Nasenwurzel saß eine dunkle, auffällige Warze. Sag Mamma zu mir, sagte sie, als Emma sie Signora nannte. Sie begrüßten sie als eine der ihren, und das war sie ja nun auch, in gewisser Weise. Alle waren sie gekommen, hatten sich freigenommen, um ihre neue Verwandte zu sehen. Nur Michele, der Zwillingsbruder der Tochter, der jüngste Sohn, war unabkömmlich gewesen, er war im Norden geblieben. Es war nicht leicht für Emma, die Familienverhältnisse auf Anhieb zu begreifen.

Die da waren, hatten sich schön gemacht. Mutter und Schwester waren schwarz gekleidet, die Männer, Vater und Schwager, wie Antonio, in schwarzen Hosen und weißem, offenem Hemd. Das der Vater allerdings nach dem Händeschütteln, der Hitze geschuldet, sofort wieder ausgezogen hatte; er stand und ging jetzt im weißen Unterhemd herum. Er war im Hinterland, in den Hügeln, Bauer gewesen, bevor er sich das Haus am Meer hatte bauen können, das jetzt von der Familie der Tochter bewohnt wurde. In seinem kleinen Haus im alten Ortsteil, das ihm auch gehörte und in das er sich mit seiner Frau zurückgezogen hatte, betrieb er noch einen kleinen Handel mit Oliven und Olivenöl, das er in die Welt verschickte. Er war ein wenig dick, hatte kräftige Hände, ein starkes, hart geprägtes Gesicht, dichtes Haar auf dem Kopf, das sie an *sein* Haar erinnerte, wenn es auch, im Gegensatz zu jenem, schon grau war. Im Übrigen glich ihm, so schien es ihr, von der ganzen Familie, alle drei Generationen zusammengenommen, nur die Schwester von ferne, Elisabetta, Lisa, wie sie sie auch nannten, von der er ihr aber wenig erzählt hatte. Überhaupt hatte er wenig erzählt, immer, nicht nur von der Familie, sie hatte ihn immer alles fragen müssen. Ihm die Würmer aus der Nase ziehen, wie man das in ihrer Familie genannt hatte. Die Mutter hatte, von der Warze abgesehen und von den etwas zu großen Ohren, ein feines Gesicht, auf dem jetzt ein wehmütiges Lächeln lag. Sie war Emma nach der ersten Begrüßung an den anderen vorbei die steinerne Treppe hinauf und durch einen Gang und eine Tür, die nur angelehnt war, vorausgegangen, Antonio war ihnen mit der Tasche, die er neben einem frisch bezogenen Bett abstellte, gefolgt. Das ist dein Zimmer, sagte die Mutter, fühl dich darin zu Hause. Es war Lorenzos Zimmer. Das fügte die Mutter noch an. Es lag im mittleren Stockwerk.

V

Emma hatte Lorenzo in Bologna kennengelernt, ganz zufällig, das war jetzt vierzehn Jahre her, wenn sie richtig rechnete, ganz beiläufig, in einem Klub, in dem sie damals Woche für Woche mit einer Freundin und deren Freundin zusammen die Nächte durchtanzte, immer donnerstags, wenn dort Afrikanischer Tanz angesagt war, darum musste es auch an einem Donnerstag oder jedenfalls in einer Nacht von Donnerstag auf Freitag gewesen sein, als sie ihn kennenlernte, an der Bar, an der sie sich vom Tanzen zwischendurch ausruhte.

Es war in der Zeit gewesen, in der ihre Freundin es darauf angelegt hatte, aus Emma endlich eine Frau zu machen. Eine weibliche Frau, nach der burschikosen, knabenhaften, die sie bisher gewesen war. Zweiunddreißig war sie da gerade geworden. Hosen hatte sie bis zu jenem Zeitpunkt immer nur getragen, nun sollten es Röcke sein. Mit feinen Strümpfen und schönen Schuhen. Röcke, Deuxpièces, Kleider. Leicht wattiert, gesteppt, gerade. Schwarz, schwarz-rot geblümt, violett. Jedenfalls kurz. Jacke und Rock in Ballonform. Rock mit breitem Band um die Taille. Raffinierte Stücke. Mit allem Drum und Dran. Vielleicht war diese Freundin ein wenig in sie verliebt gewesen. Emma wusste es nicht. Sie hatten nie darüber gesprochen, aber es hatte einiges darauf hingedeutet. Und jetzt kannte sie sie nicht mehr. Sie hatte sie längst aus den Augen verloren. Tagsüber waren sie gemeinsam durch die besten Geschäfte der Stadt gezogen und hatten alles miteinander anprobiert; ausziehen, anziehen, ausziehen, hinter den geschlossenen Türen und Vorhängen der Umkleidekabinen; an den Abenden, in den Nächten wurde es vorgeführt.

Es war ein Rausch gewesen. Diese durchtanzten Nächte. Dieses Entdecken oder Wiederentdecken der eigenen Sinnlichkeit, der eigenen Weiblichkeit. Seit Jahren hatte sie keine Menstruation mehr gehabt, seit dem Zuendegehen der ersten Liebe. Dessen, was sie für ihre erste Liebe gehalten hatte. War sie immer leicht magersüchtig gewesen. Ihrer Jugendliebe. Mit Sergio. Den sie immer schon gekannt hatte, von Kindesbeinen an. Vor damals sechs Jahren. Sieben Jahre hatte sie immerhin gedauert, ihre erste ganz gelebte Liebe. Vom ersten Kuss an gerechnet. Immer war es irgendwie weitergegangen. Obwohl sie ihrer schon lange müde gewesen war. Ihrer, ihrer Liebe, nicht seiner. Er wollte sie ja, er hatte sie ja gewollt, bis zum Schluss. Und das hatte sie auch gewollt: so gewollt werden. Er hatte es schließlich auf die Spitze getrieben, hatte gewollt, dass sie bei ihm einziehe, hatte alles neu gestrichen, hatte die Wohnung für sie vorbereitet. Aber da hatte es sich endlich entschieden. Als sie ihren Tisch, den sie in die gemeinsame Wohnung hatte mitbringen wollen, aus dem Elternhaus, in dem sie bis dahin noch gewohnt hatte, jenen Tisch aus dem siebzehnten Jahrhundert, vom Transportunternehmen, das ihn hätte bringen sollen, sofort wieder hatte mitnehmen lassen. Noch bevor er ausgeladen gewesen war. Es war einfach nicht gegangen. Es war unmöglich gewesen. Sie hatte es nicht einmal versuchen können. Sie sah ihren Freund noch, wie er neben dem Camion stand, auf den auch ihre anderen Sachen wieder geladen wurden, während sie mit dem Fahrrad davonfuhr.

Nun dieser Rausch. Diese Berauschung. An der fremden Musik. An sich selbst. An den anderen. An den anderen Frauen, an den Männern. An ihren Bewegungen. An ihren Düften, an ihren Gerüchen, an ihrem Gestank. Am Gestank der Männer. Dieses Betäubtsein durch die eigene Ausdünstung und durch die Ausdünstung der anderen. Durch diese bestialische Mischung. Sie hatte das so vorher noch nicht gekannt. Fast bis zur Übelkeit. Und dann waren da an der Theke diese zwei Männer gewesen, diese zwei besonderen, aus der Menge auffällig herausstechenden Männer, etwas abseits, im Gespräch, der eine mit einem sehr schönen, markanten Gesicht, sie sah es im Halblicht der Deckenbeleuchtung, Orientale oder Süditaliener, hatte sie sich sogleich gefragt. Er hatte sie angeschaut. Sie hatte zurückgeschaut. Er hatte sie angesprochen. Ob sie wegen der Messe hier in der Stadt sei? Mit ihrem rotblonden Haar und ihren grünblauen Augen hatte er sie für eine Ausländerin gehalten. Sie irgendwo weit in den Norden getan, Schweden vielleicht oder Norwegen. Wie umgekehrt sie ihn aufgrund seines Aussehens in den entferntesten Süden. In seinem Fall hatte das auch gestimmt. Schon seine Sprache hatte das ja bestätigt. Als er ging, als sie gingen, schon beim Ausgang, hatte er sie nach ihrer Telefonnummer gefragt, und sie hatte sie ihm gegeben. Ohne zu denken, ohne zu zögern, zum ersten Mal in ihrem Leben, ihre Telefonnummer, einem Mann, den sie nicht kannte.

Was habe ich da gemacht?, hatte sie sich dann an die Freundin gewandt, schon draußen, kaum dass er in der Nacht verschwunden gewesen war: Hast du den gesehen; der sieht doch aus wie ein Verbrecher! Die Freundin hatte nichts gesagt. Er wird mich ohnehin nicht anrufen, hatte sie sich selber beruhigt. Aber gehofft hatte sie, dass er es täte.

Sie war damals außerhalb der Stadt Lehrerin gewesen, im Hinterland, in den Bergen, an vier verschiedenen Schulen, in vier verschiedenen Dörfern, mit ihrem kleinen Auto fuhr sie unter der Woche täglich hinaus. An jenem Freitagmorgen, sie sah sich noch, ganz langsam fahrend, mit verquollenen, übernächtigten Augen, war sie von gut gekleideten Herren, die am Steuer Zeitung lasen, und von Lastwagenchauffeuren, die ihr den Vogel und anderes zeigten, ein um das andere Mal überholt worden.

Schon am Nachmittag, kaum dass sie wieder zu Hause war, war der Anruf gekommen. Lorenzo hier, erklärte sich seine wunderbar tiefe, sonore Stimme, du hast mir deine Nummer gegeben, gestern, können wir uns sehen, heute, gleich? Und sie war außer sich gewesen, auf der Stelle, von einem Augenblick auf den anderen, außer sich vor Angst und Freude, aufgeregt und erregt zugleich, das hatte sie sich eingestehen müssen. Sie hatte nicht Nein sagen können, sie *hätte* nicht Nein sagen können, und das hatte ihr Angst gemacht. Und dann hatten sie sich also gesehen, und dann sahen sie sich, gleich, noch am selben Abend, und dann immer wieder, die ganze Zeit, von Mai bis Oktober, außer im Juli und August, in den Ferien, die sie wie jedes Jahr im Ferienhaus der Familie auf Sardinien und anschließend mit ihrer Freundin in Griechenland verbrachte, das wenigstens hatte sie sich trotz allem nicht nehmen lassen.

Nie bisher war sie einem Mann wegen seiner Physis verfallen gewesen, höchstens wegen des Intellekts, wenn überhaupt. Ihm aber schon. Von Anfang an. Sie hatte sich nicht mehr gekannt. Sie hatte sich vor sich selber ein wenig dafür geschämt. Seiner physischen Faszination war sie vollkommen schutz- und wehrlos ausgeliefert gewesen. Seinem auffällig schönen, ihr schön erscheinenden starken Gesicht; seinem harten, hageren, beinahe mageren hochgewachsenen Körper, dem sie sich Mal für Mal hingegeben hatte, er hatte es nur von ihr wollen müssen, sie hatte es immer gewollt. Sie hatte es geliebt, sich von ihm lieben zu lassen. Auf seine direkte, entschlossene, trotzdem feinfühlige Art, die sie diesem virilen Körper auf das erste Hinsehen gar nicht zugetraut hätte. Es gefiel ihr, diesem schönen, sieben Jahre jüngeren Mann, der ihr gefiel, zu gefallen. Er war Kellner, in einer Bar, sein Studium der Politikwissenschaften, das er zu Hause, in Kalabrien, begonnen hatte, hatte er unterbrochen, wer wusste, für wie lange, sie trafen sich nachmittags, wenn sie freihatten, und dann wieder nachts, nach Arbeitsschluss, zwischen eins und drei, zu Spaziergängen, Hand in Hand, in Parks, in seiner, in ihrer Wohnung, am Morgen, wenn sie unterrichtete, schlief er.

Dennoch, obwohl sie sich die ganze Zeit liebten, hatte sie sich von ihm nicht wirklich geliebt gefühlt. Außer der körperlichen Liebe, außer dem Verliebtsein hatten sie in dieser ersten Zeit nichts geteilt. Und selbst in der Liebe hatte sie ihn auch noch mit anderen teilen müssen. Das hatte sie so nicht gewusst, aber davon war auszugehen gewesen. Er hatte *ihr* gefallen, warum hätte er nicht auch noch anderen gefallen sollen? Und warum hätten nicht auch noch andere *ihm* gefallen sollen? Auf welche Weise auch immer. Sie hatte ihn nicht danach gefragt, also hatte es auch keine Notwendigkeit gegeben, sie zu belügen, aber sie hatte nicht das Gefühl gehabt, die Einzige zu sein. Seinen Freunden, beim Ausgehen, hatte er sie als *eine,* nicht *seine* Freundin vorgestellt. Einmal, mitten im Straßenverkehr, als er sie im letzten Augenblick vor einem herannahenden Wagen zurückrufen wollte, hatte er in der Schrecksekunde ihren Namen verwechselt und sie statt Emma Franca genannt. Am Ende des Sommers, aus Sardinien und Griechenland zurück in der Stadt, hatte sie ihn vom Fahrrad aus in seinem Auto mit einer Frau gesehen, die sie nicht kannte. Er hatte aus dem offenen Fenster gewinkt, sie hatte zurückgewinkt, aber beide waren sie weitergefahren, und das war richtig gewesen. Es hatte keinen Zweifel gegeben: Ihre Leben hatten nichts miteinander zu tun, sie lebten nicht in derselben Welt.

Einmal waren sie spät in der Nacht noch zum Flughafen hinausgefahren, und er hatte aus den Händen eines Kuriers Kokain in Empfang genommen. Zur Verwahrung, so hatte er gesagt. Bevor sie sich liebten, im Vorspiel, schon auf der Bettkante, hatte er manchmal davon genommen, manchmal auch Gras geraucht, er hatte gewollt, dass sie es auch tat; es war ihr fremd geblieben, er war ihr fremd geworden, offenbar war ihm die Liebe mit ihr ohne Drogen nicht gut genug gewesen.

Er hatte ihr nicht gehört. Das hatte sie gewusst. Sie hatte nicht zu ihm gehört. Er war außerhalb ihrer selbst, ihrer Möglichkeiten geblieben. Er war nicht Bestandteil ihres Lebens geworden. Er war ihr nur zugestoßen, nur passiert. Es war etwas Vorübergehendes gewesen. Es hatte keine Voraussetzungen für eine gemeinsame Zukunft gegeben.

Und dann hatte sie ihn plötzlich festhalten wollen! Fotografieren! Trotzdem. Erst recht. Alles an ihm, jeden Zentimeter. Von oben bis unten, von unten bis oben. Seinen Kopf, seinen Körper. Alles, im Ganzen und im Detail. Es war fast eine Besessenheit gewesen. Seine kleine, scharfkantige Nase. Seine Augen eines Afrikaners, in denen das Weiß immer etwas rot war, wer wusste, warum, vielleicht aus Veranlagung, vielleicht auch nur wegen der Drogen. Die langen, spitzen Ohren, die etwas Teuflisches hatten. Darüber das glänzende, schwarze, fast blaue feste Haar. Den fein geschnittenen sinnlichen Mund. Geöffnet, geschlossen. Den langen, geraden Hals. Seinen starken Nacken. Den hageren, glatten, beinahe orientalischen Körper. Seine Eleganz, seine Schönheit, das, was sie an ihm als schön empfand. Hunderte von Bildern, Haut- und Haar- und Gliederlandschaften, wer wusste, wo sie alle hingekommen waren. Draußen vor der Stadt aufgenommen, an ihrer Peripherie, vor bröckelnden Mauern, vor romanischen, vor gotischen Kirchen, auf Stufen, mit einem Buch in der Hand, in einem Park. Und weiß Gott wie und wo noch. Sie wusste es nicht mehr im Einzelnen, dafür war es zu viel von allem gewesen.

Nur seine Hände nicht. Seine hässlichen Hände. Die ganz kurz, fast quadratisch gewesen waren, mit stumpfen Fingern und stumpfen Fingernägeln, mehr im Quer- als im Längsformat, was auf schlechte Durchblutung hindeutete, wie man ihr gesagt hatte, von verschiedenen Seiten, auf ein schwaches Herz manchmal sogar. Sie hatte auch ihre Ärztin danach gefragt. Und immer ganz rot, rot gefleckt. Es war seltsam gewesen, inmitten der sonstigen Schönheit diese hässlichen Hände. Diese hässlichen Hände also nicht. Die hatte sie nicht fotografiert. Die hatte sie nicht festhalten wollen. An sie hatte sie sich nicht erinnern wollen. Obwohl sie von ihnen so gerne festgehalten worden war. Und immer weiter festgehalten worden wäre. Obwohl sie ihren Griff, ihren Zugriff immer so gerngehabt hatte. In allem, was sie taten, in jedem Handgriff, in jeder

Geste war so viel Leben, war so viel Kraft gewesen, dass man der Gegenstand, dass jedenfalls sie immer wieder der Gegenstand hatte sein wollen, den er in die Hand nahm. Trotzdem. Trotzdem nicht.

VI

Einige dieser Bilder, die sie von ihm gemacht hatte, fand sie nun hier also wieder, die harmlosesten, in seinem Zimmer, das jetzt auch ihr Zimmer war, das man ihr angewiesen hatte, im Haus seiner Familie; später auch in der Küche, einen Stock höher, die zum Wohnraum hin offen war, nur durch eine langgezogene helle Marmortheke von diesem getrennt; angeklebt auf der Türe des riesigen Kühlschranks, auf Einbaumöbeln, auf Ablagen, neben viel Kleinkram und Kitsch. Und neben keinen Büchern, das war ihr sofort aufgefallen, nirgends; dabei hatte er doch immer Bücher dabeigehabt, wenn sie sich sahen, er hatte doch ein Antiquariat aufmachen wollen, vielleicht, später, mit ihr zusammen, davon hatte er immer gesprochen, in Bologna hatte er Bücher *gesammelt*. Ob er sie auch gelesen hatte, wusste sie nicht, das war nie so richtig klar geworden. Hier gab es keine Spur davon. Auch in seinem früheren Zimmer nicht. Jedenfalls nicht mehr. Es war ja zuletzt nicht mehr sein Zimmer gewesen, auch wenn er es noch bewohnt hatte, wenn er zu Besuch gekommen war, immer seltener, in letzter Zeit, es war zu einem Gästezimmer geworden, in dem er selber nur noch manchmal der Gast war oder gewesen war. Das kleine Regal an der Wand neben dem Bett, auf dem die Bilderrahmen standen, war im Übrigen leer.

Nichts erinnerte sie hier an ihn außer den paar Fotos, die sie selber gemacht hatte. Und außer den Gesichtern der Menschen, mit denen er früher hier gelebt hatte, die mit ihm verwandt waren. Den Luxus, den es hier gab, im Bad, im Salon, im ganzen Haus, einen neureichen Luxus, davon hatte es bei ihm, in seiner Bologneser Wohnung, nichts gegeben, nicht einmal andeutungsweise. Das war überhaupt mehr eine Absteige als eine Wohnung gewesen, ein Tisch, ein Bett, ein paar Stühle, ein paar Kisten; die er überdies noch mit Freunden teilte, wenn Not am Mann war, und das war oft so gewesen. Das hatte ihr auch nicht besonders gefallen, einen gewissen Hang zum Luxus kannte sie schon, das musste sie sich eingestehen, auch wenn sie ihn aus ideologischen Gründen ablehnte, allein schon von ihrer Herkunft her, aber besser als dieses Gesichtslose, Geschichtslose hier, in diesem Haus am Meer, war es auf jeden Fall gewesen, dessen war sie sich sicher.

VII

Dennoch, und trotz allem anderen, das gut gewesen war, besser jedenfalls als das Leben, das sie zuvor geführt hatte: Als sie sich am 12. Oktober, nach ihrem ersten Sommer mit ihm, auf fünf Uhr nachmittags mit Lorenzo unter den zwei Türmen bei der Buchhandlung Feltrinelli verabredet hatte, da war es, um ihm zu sagen, dass es mit ihnen zu Ende sei.

Sie wusste den Tag noch so genau, weil er zwei Jahre später auch zu ihrem Hochzeitstag werden sollte. Das hatte sie damals, als sie die Buchhandlung betrat, um sich die Zeit zu verkürzen, die sie zu früh zur Verabredung gekommen war, natürlich nicht wissen, nicht einmal ahnen können. Da hatte sie noch nicht einmal den Mann gekannt, der dann dazugehörte. Gesehen, ja, einmal, aber nicht gekannt. Auf einem Empfang in Rom, sechs Jahre zuvor, wo sie an einer Kunstausschreibung teilgenommen hatte, war er ihr vorgestellt worden. Ich stelle Ihnen hier einen Poeten vor, hatte der Mann gesagt, der sie bekannt machte, den sie von früher kannte. Sie hatte ihn gegrüßt. Dann hatte sie ihn in der Menge gleich wieder aus den Augen verloren.

In der Buchhandlung nun hatte sie sich bei den Kunstkarten aufgehalten, in der Nähe des Schaufensters, um draußen ihren Treffpunkt im Blick zu behalten, damit sie es sogleich bemerken würde, wenn Lorenzo auftauchte. Die Abbildung einer Bernini-Skulptur war ihr in die Finger geraten, *Zwei Verliebte*, so war sie auf der Rückseite betitelt; ich habe niemanden, dem ich sie schenken könnte, hatte sie noch gedacht, da hatte es von außen an die Scheibe geklopft. Und da war er plötzlich wieder gewesen, der Mann von damals, der Poet. Den der Bekannte damals den Poeten genannt hatte.

Sie war errötet. Eine Schwäche, ein Defekt von ihr, dieses Erröten, sie hatte nie gelernt, es zu unterdrücken. Bis heute nicht, dachte sie. Es kam und ging, wie es wollte. Er hatte draußen etwas gesagt, das sie durch das Glas hindurch aber nicht verstanden hatte. Sie hatte den Kopf geschüttelt. Er hatte ihr ein Zeichen gemacht, dass er dort, wo er stand, auf sie warten wolle. Und sie hatte ihm zu erkennen gegeben, dass sie nun begriffen habe. Hatte aber noch, bevor sie hinausging, an der Kasse die Bernini-Karte bezahlt, um sich etwas zu beruhigen, um die Röte in ihrem Gesicht ein wenig abklingen zu lassen. Aber lange hatte sie dazu nicht Zeit gehabt, fünf Minuten später kam schon der andere.

Der Poet, stellte er sich diesmal selber vor, Carlo. Emma, antwortete sie, indem sie ihm die Hand gab. Und dann hatte er sofort einen Kaffee mit ihr trinken wollen: gleich, gleich hier, um die Ecke; da gab es am Platz eine schöne Bar. Und sie hatte ihm sagen müssen, dass das nicht ging. Ein andermal, vielleicht, wenn wir uns wiedersehen. Wie letztes Mal, hatte er geantwortet, also vielleicht in sechs Jahren. Sie hatte sich darüber gewundert, dass er die Zeit, die seit ihrer ersten Begegnung vergangen war, noch so genau wusste. Es hatte ihr ein wenig geschmeichelt. Und dann hatte sie sich tatsächlich mit ihm verabredet, für den kommenden Tag, auf drei Uhr, in der Bar, die er vorgeschlagen hatte, an der Piazza.

Das alles wusste sie noch; nicht, als ob es gerade gestern, aber als ob es vorgestern gewesen wäre; dabei war es nun bald fünfzehn Jahre her. Und kaum dass dieser Carlo also um die nächste Ecke verschwunden gewesen war, hatte sie Lorenzos Hände über ihren Augen und den Duft seines Parfums, das nach Weihrauch roch, in der Nase gehabt. Einen Atemzug lang hatte sie beides noch einmal genossen. Und dann hatte sie sich umgedreht und ihm alles ins Gesicht gesagt, wie sie es sich vorgenommen hatte. Er hatte es zur Kenntnis genommen. Trotzdem schliefen sie noch ein paarmal miteinander. In diesem schrecklichen Haus. In seiner schrecklichen Bude. Was mache ich hier?, hatte sie sich immer dabei gedacht. Zu ihr kam er nicht mehr. Und dann war es wirklich zu Ende gewesen.

VIII

Und jetzt war sie hier, am Ort seiner Herkunft, und suchte nach seinen Spuren. Jetzt wohnte sie in seinem Zimmer. Jetzt stand sie bei ihm in der Küche. Vielmehr in der Küche des Hauses, in dem er gelebt hatte, aus dem er stammte, das sein Vater gebaut hatte, in dem jetzt die Familie der Schwester lebte. Diese Küche gefiel ihr trotz ihrer übertriebenen steinernen Sauberkeit. Von den Räumen im Haus, die ihr zugänglich waren, war es der einzige, mit dem sie sich wenigstens anfreunden konnte. In dem sie sich ein wenig zu Hause fühlte; was immer das hieß. Weil er gebraucht wirkte, nicht nur gepflegt. Im Gegensatz zum angrenzenden Wohnzimmer, das nur für die Aussicht eingerichtet schien, die man von ihm aus hatte. Die Küche war voll von den Dingen, die man zum Leben brauchte, nicht nur zum Anschauen. Und voll von Gerüchen und Düften. Nach Gemüse und Gewürzen. Die sich allerdings auch über die übrigen Räume ausbreiteten. Ein Duft von frisch geschnittenen Tomaten lag in der Luft, der ihr sogleich aufgefallen war, schon als sie das

Haus betreten hatte, verfeinert mit Oregano und Basilikum; der jetzt zusammen mit den duftenden Dämpfen aus verschiedenen Töpfen ihren Appetit weckte und der ihr in Erinnerung rief, dass sie schon lange nichts mehr gegessen hatte. Das Essen stand schon bereit.

In Bologna, damals, vor dieser Ewigkeit von Jahren, hatte sie sich am nächsten Tag tatsächlich zur vereinbarten Zeit am vereinbarten Ort mit diesem Poeten, mit diesem Carlo, der dann ihr Mann werden sollte, getroffen. Mit leichter Verspätung, beide, wohl um der Begegnung ein wenig von ihrem Gewicht zu nehmen, ihr etwas Beiläufiges zu geben, aber beide wieder zur gleichen Zeit, waren sie vor der Bar eingetroffen, sie hatten darüber, also über sich selbst, gelacht. Carlo hatte zu diesem ihrem ersten Treffen Jacke und Krawatte getragen, was sonst nicht seine Art war, wie sich später herausstellen sollte, wie sich später gezeigt hatte, die Krawatte hatte er sich sogar ausgeliehen, so etwas besaß er nicht, jedenfalls hatte er später nie mehr eine getragen, offensichtlich hatte er ihr also gefallen wollen. Obwohl er andrerseits, kaum dass sie an einem Tisch im Mauerschatten Platz genommen hatten, behauptete, er habe daran gedacht, gar nicht zu kommen. Aber auf ihre Frage nach dem Grund hatte er zugegeben, dass er sich nur davor gefürchtet habe, sie, Emma, würde vielleicht nicht kommen, und das hätte er sich ersparen wollen. Tatsächlich hatte sie daran aber nicht gedacht gehabt. Nicht im Traum. Sie hatte das Bild von sich, eine verlässliche Person zu sein, das sagte sie ihm.

Carlo hatte ihr ein Buch mitgebracht, einen Gedichtband, von sich, mit dem Titel: *Alles und nichts*, ein Geschenk. Sie war ein wenig zusammengezuckt. Sie war erschrocken. Sie hatte kein Geschenk für ihn dabei. Höflich hatte sie darin geblättert. Sie hatte sich bedankt. Dass sie Gedichte liebe, hatte sie ihm versichert. Für sich hatte sie aber gedacht, dass sie schrecklich sein würden, seine Gedichte, bestimmt. Sie hatte Angst davor, es ihm sagen zu müssen. Trotzdem, es wäre ihr lieber gewesen. Sie werde sie lesen, bald, sagte sie ihm.

Sie hatte nur ein Wasser getrunken, wie immer, damals; wie meistens. Du ernährst dich nur von Wasser und Wassermelonen, hatte Lorenzo manchmal geschimpft. Er hatte sich Sorgen um sie gemacht. Er hatte recht gehabt. Carlo hatte ein riesiges Schokoladeneis bestellt, das wusste sie noch, sie sah es noch vor sich, es passte überhaupt nicht zu ihm, mit einem Schokoladenherzen darauf; er hatte es ihr schenken wollen, aber sie hatte es nicht gegessen. Sie hatten noch die Nummern getauscht, dann war sie wieder gegangen, vor ihm, er wollte noch etwas bleiben und schreiben.

Sie waren nicht schrecklich gewesen, seine Gedichte. Abends, im Bett, hatte sie sie gelesen. Einmal, durch, und dann gleich noch einmal. Das hatten sie gebraucht und verdient, eine zweite Lektüre, zumindest, sie hatten mehr als nur einen doppelten Boden, hinter oder unter der physischen Wirklichkeit, die sie beschrieben, drohte der metaphysische Abgrund. Sie hätte es also wissen können, von Anfang an, aber sie hatte es nicht auf ihn bezogen, nicht auf seine Existenz, nicht auf seine Person. Eigenartigerweise war es ihr nicht klar gewesen, damals, als sie in seinem Buch las, dass sie in *ihm* las. Obwohl es ja auf der Hand gelegen hätte, wie sie jetzt dachte. In ihrer allgemeineren, universelleren Lesart war ihr das alles sehr nahe gekommen, sehr nahe gewesen. Und als sie ihn schon tags darauf angerufen hatte, um mit ihm darüber zu sprechen, hatte sie ihm das so auch gesagt.

Sie hatten sich wieder verabredet. Sie waren sogar miteinander essen gegangen, obwohl sie zu jener Zeit sonst kaum etwas aß. Außer rasch zwischendurch, von der Hand in den Mund sozusagen. Regelmäßige Treffen waren daraus geworden. Eine Art Wochenendbeziehung am Ende, da er unter der Woche Nachtportier in einem Hotel war und sie tagsüber Unterricht zu geben hatte. Und doch, obwohl es meist nur die Wochenenden waren, war sie immer erschöpft gewesen, wenn sie wieder von ihm wegging. Erleichtert.

Hatte sie aufgeatmet. Nach drei Tagen mit ihm hätte sie dringend einen Monat Pause gebraucht, so war es ihr vorgekommen. Er hatte sie erdrückt und erstickt, mit sich. Immer hatte sie nach den Begegnungen mit ihm das Gefühl gehabt, dass er nicht wirklich zu ihr passe. Und dass auch er das wisse. Dass er nicht wirklich etwas mit ihr zu tun habe. Auch er nicht. Er war ihr zu schwer gewesen. Sie ihm vielleicht zu leicht, das wusste sie nicht. Nicht physisch natürlich. Seelisch zu schwergewichtig, das war er ihr jedenfalls. Zu schwer und zu schwierig.

Ich sterbe, also bin ich, hatte er manchmal gesagt; oder: Ich bin ein Nichts; immer wieder; alles ist nichts. Ja, natürlich, das tat sie auch, sterben, seit sie geboren war, das war sie auch, manchmal, ein Nichts, immer wieder, das wusste sie auch, aber musste es deswegen auch immer wieder gesagt werden? Einmal war er in einem vollkommen verschmutzten Regenmantel vor ihr erschienen. Heute habe ich Lust, dreckig zu sein, hatte er einfach erklärt. Wie innen, so außen. So weit war das ja auch in Ordnung gewesen, so etwas hatte sie manchmal sogar komisch finden können; das meiste aber hatte sie nicht lustig gefunden. Und der Spinner war dann ja auch nicht er gewesen, seiner Meinung nach, sie war die Spinnerin, sie hätte seiner Meinung nach in eine Therapie gehen müssen, wegen ihres auffälligen Essverhaltens zum Beispiel, das hätte sie sich da kurieren lassen sollen, bei einer Psychologin, die er ihr empfohlen hatte, und da war sie ja dann schließlich auch hingegangen. Er hatte ja recht gehabt. Wie immer. Darin und in allen anderen Dingen auch.

IX

Im ersten Jahr, das sie so miteinander zugebracht hatten, waren sie kein wirkliches Paar gewesen, jedenfalls hatte sie es nicht so empfunden. Sie dachte nicht: wir, wenn sie an sich und ihn dachte. Die Sommerferien verbrachte sie auch in diesem Jahr wieder mit ihren Freunden in Griechenland, auf einem Segelboot, wie all die Sommer zuvor. Sie hatte ihnen Carlo nicht einmal vorgestellt.

Trotzdem hatte sie ja immer an ihn gedacht, auch aus der Ferne. Und auch er hatte nach ihr gesucht, wie noch nie zuvor in seinem Leben nach jemandem, das hatte er ihr später einmal gestanden. Später, viel später, als es schon wieder nicht mehr so war. Zweimal hatte sie ihn aus ihren Ferien angerufen, hatte sie wenigstens seine Nummer gewählt, hatte es bei ihm klingeln lassen, hatte dann aber nicht gesprochen, obwohl er es gewesen war, der sich gemeldet hatte, er hatte bei seiner Mutter gewohnt. Beim zweiten Mal hatte er nachgefragt, nach einem Moment der Stille, vorsichtig: Bist

Wie also erst ihre Reisen nach Sardinien, an denen sie festhielt, auch mit dem Kind, mit dem Kind erst recht, in den Sommerferien, sie hatte alle Sommer ihrer Kindheit und Jugend auf der Insel verbracht, im Haus der Familie, auf dem eigenen Boot, das wollte sie ihrer Tochter auch bieten. Er hatte keine Lust gehabt, ihnen dahin zu folgen. War er doch einmal mitgegangen, hatte er sich dort die ganze Zeit kaum von der Stelle gerührt. Landschaften interessierten ihn nicht, hatte er gesagt, wenn es nicht seine Seelenlandschaften waren. Wasser, Stein, Luft, Licht, die Elemente, die es doch überall gab, waren ihm mehr als genug. Und natürlich sein Gott, oder doch wenigstens sein Säulenheiliger: sein Leopardi, in dem er den ganzen Tag las. Der es, wie er selbst, vorgezogen hätte, nicht zu sein, statt zu sein. Aber der war ja schließlich auch krank gewesen und hatte einen Buckel durch sein Dasein zu tragen gehabt, da war das noch zu verstehen. Während Carlo auf ihrem Buckel lebte, bildlich gesprochen. Und Gott seine Tage stahl.

Wie hätte man mit so einem Menschen leben können? Wie hatte man mit so einem Menschen leben können? Denn sie lebte ja mit ihm. Sie hatte ja mit ihm gelebt. Ein anstrengendes Leben, zugegeben, aber ein Leben. Trotz allem ein gutes Leben, wie sie lange geglaubt hatte. Was immer das heißen konnte. Zwar hatte sie natürlich bemerkt, dass es ihr oft nicht gut dabei ging, aber sie hatte nicht den Schluss daraus gezogen, dass es in Wahrheit ihre Ehe mit Carlo war, der es nicht mehr gut ging. Immer, und immer noch, bis auf den heutigen Tag oder doch beinahe, hatten sie ja auch schöne, sie beide verbindende Dinge miteinander gemacht. Das wollte sie auch im nachhinein nicht vergessen. Das einfach auszuradieren, hatte sie sich verboten. Es war eine Frage der Fairness und der Gerechtigkeit. Bücher zum Beispiel, das fiel ihr vor allem ein, wenn sie zurückdachte, Bilderbücher für ihre kleine, für ihre immer größer werdende Tochter, von Hand gefertigt, eigentliche Kostbarkeiten, und nicht nur für das Kind, zu denen er die Texte und sie die Bilder beigetragen hatte. Immer aber war es auch bei solchen Sachen sie, Emma, gewesen, die sie hatte anschieben und durchziehen müssen.

Immer hatte sie alles allein tragen, immer hatte sie alles allein schleppen müssen. Während er, wann immer es ging, wann immer er auch seine Vaterpflichten an irgendwen sonst delegieren konnte, und sei es an die Bologneser Verwandtschaft, mit seinen Freunden in den Triestiner Kaffeehäusern herumhing, im Tommaseo, im Saba, im San Marco, um über das Nichts im All und über das All im Nichts zu diskutieren. Zweifellos weltbewegende Dinge. Sodass die Stadt im Lauf der Jahre, die sie hier waren, und es ging nun schon bald auf das zehnte zu, immer mehr nur noch zu seiner Stadt, zu seinem Ort geworden war. An dem er im All und im Nichts zu Hause war. Und sie ihrer müde. Und, wenn sie ehrlich mit sich war, in Wahrheit auch seiner. Seiner, Carlos. Und sie insgeheim mit dem Gedanken zu spielen begonnen hatte, neuerdings ein Gesuch um Versetzung zu stellen, um dem allem ein Ende zu setzen und dieser Nekropolis, zu der Triest für sie inzwischen geworden war, wofür die Tatsache, dass sie in der letzten Zeit ihre farbigen Kleider wieder mit grauen und schwarzen vertauscht hatte, nur das sichtbarste äußere Zeichen war, so schnell als möglich zu entkommen. Ihr den Rücken zu kehren, bevor sie wirklich in Sack und Asche ging. Was sie mit *dem allem* damals gemeint hatte, hätte sie auch jetzt noch nicht sagen können. War alles tatsächlich alles gewesen?

X

Und mitten in den Nekrolog, den das Leben über ihre Liebe zu schreiben begonnen hatte, wenn man es denn noch Liebe nennen konnte, wenn man es je hatte Liebe nennen können, den es über ihre Ehe oder Beziehung oder wie man es nennen sollte, jedenfalls über ihre Zeit in Triest schrieb, mitten in diese Abdankungs-, in diese Totenrede hinein war dann dieser fatale, dieser alles verändernde Anruf gekommen. Lorenzos Anruf. Nach über zehn Jahren der Trennung. In denen sie nichts mehr voneinander gehört hatten. Aus einem anderen Leben. Aus einer anderen Welt.

Gerade war sie wieder einmal aus Bologna zurückgekommen. Sie hatte die Tochter zur Entlastung für ein paar Tage zu den Großeltern in deren Landhaus dort vor der Stadt gebracht. Am Abend war sie mit Carlo auswärts essen gegangen, nichts Großartiges, in einer Pizzeria, in der sie beide gern waren. Sie zwei wieder einmal allein; das kam selten genug vor. Ihm war schlecht geworden, er ertrug Muscheln nicht, aber er bestellte sie immer wieder, so auch an diesem Abend. Sie waren früh nach Hause gegangen, er gleich ins Bad und ins Bett, sie hatte noch etwas ferngesehen. Da hatte das Telefon geklingelt, und es war Lorenzo gewesen: Er habe sie vor fünf Jahren schon einmal anrufen wollen, fünf Jahre nachdem sie von Bologna weggegangen sei, er habe es nicht getan, er habe nochmals fünf Jahre gewartet, aber nun rufe er an. Nun hatte er angerufen.

Er habe soeben eine Beziehung beendet, hatte er gesagt, mit einer Schweizerin, aber das tat nichts zur Sache, nach zweieinhalb Monaten. Jetzt stehe er gerade in Bologna in der Straße vor ihrem früheren Haus, er sei da vorbeigekommen und habe dabei wieder an sie gedacht. Er habe immer an sie gedacht. Über Freunde, die sie, Emma, auch kannten, habe er immer von ihrem Leben gewusst. Wie es ihr gehe? Ob sie immer noch nur ihre Wassermelonen esse? Wenn du in Bologna bist, hatte er angefügt, ruf mich an, ich gebe dir meine Nummer, dann trinken wir einen Kaffee.

Und er hatte ihr seine Nummer gegeben. Und dann hatte er aufgelegt. Oder besser: die Auflege-Taste gedrückt. Er hatte ja von der Straße aus telefoniert. Das Gespräch beendet, noch bevor es richtig begonnen hatte. Und sie sah ihn auf der Straße vor ihrem Haus stehen. Sie sah ihn weggehen. Und sie sah sich, oben, am Fenster, wie sie ihm nachschaute. Wie sie ihm immer nachgeschaut hatte. Bis er am Ende der Straße, ohne sich noch einmal umzusehen, um die Ecke verschwand. Wie er immer verschwunden war.

XI

Jetzt saß sie bei ihm auf der Terrasse und schaute aufs offene Meer hinaus. Die Terrasse war auf der Frontseite des Hauses in der ganzen Breite vor das dritte Stockwerk gebaut. Die Terrassentüren standen weit offen. Drüben, auf der anderen Seite der Autostraße und hinter dem kleinen Bahnhof, in dem schon lange kaum noch Züge hielten, brandeten die flachen Wellen in trägen Schüben unhörbar gegen die Küste an. Unter der heruntergelassenen Sonnenstore saßen sie um einen langen, zwischen Haus und Terrassengeländer aufgestellten Tisch herum; sie, die ganze Familie, zu der sie nun offenbar auch gehörte. Die Sonne stand seitlich, aber immer noch steil. Man hatte Emma den Ehrenplatz angewiesen, in der Mitte der Tafel, mit dem Rücken zum Haus, zu ihrer Linken Lorenzos Eltern, ihr zunächst seine Mutter, zu ihrer Rechten sein Bruder, ihr gegenüber die Familie seiner Schwester, die Kinder am Rand, links das Mädchen, der Junge rechts. Es fiel ihr auf, dass die natürliche Eleganz, die Schönheit, die sie im Haus nicht gefunden hatte, hier, in den Personen, in ihrer Art, in ihren Gesten, in ihren Haltungen war, eingefügt in das Absolute ihrer Umgebung, in der Härte des Lichts. In ihren harten, dunklen Gesichtern. In ihrer einfachen, rauen Sprache. Dem konnte auch die Tatsache nichts anhaben, dass der Vater noch immer nur in Hose und Unterleibchen zu Tisch saß.

Zwischen ihnen, auf der Tischplatte, standen die verschiedensten Schüsseln und Töpfe, nebst dem Brot und Pfeffer und Salz und neben den Wein- und den Wasserkrügen. Die Mutter hatte alles für Emma gekocht und vorbereitet, was Lorenzos Lieblingsessen gewesen war, solange er zu Hause gelebt und gewohnt hatte. Das sollte sie auch gern bekommen. Oder wenigstens kennenlernen. Als seine Braut. Das sagte die Mutter, während sie Emma aufforderte, sich zu bedienen und von allem zu kosten. Sodass sie es nicht über sich brachte, etwas abzulehnen, von irgendetwas nicht zu nehmen. Auch wenn sie für gewöhnlich noch immer sehr wenig aß. Selbst vom Fleischsugo ließ sie sich geben, obwohl sie Vegetarierin war. Seine Mutter hatte ja recht: sie musste die Lieblingsspeisen ihres Bräutigams kennen. Auch wenn der Ring an ihrem Finger, den sie nicht abgenommen hatte, den alle sahen, zu einer anderen Ehe gehörte. Darüber sprach man jetzt nicht. Davon wollte ihre neue Familie nichts wissen. Keiner hatte danach gefragt. Weder Lorenzos

Eltern noch seine Geschwister. Es zählte nicht. Was zählte, war nur ihre, Emmas, Liebe zu ihrem Bruder, zu ihrem Sohn.

XII

Der war also plötzlich wieder da gewesen. War wieder in ihr Leben getreten. Zum zweiten Mal. Aus dem Nichts heraus. Unangemeldet. Ungebeten. Wer war das?, hatte Carlo sie gefragt, der noch einmal aufgestanden und zu ihr ins Wohnzimmer getreten war. Ein Ex? Er hatte tatsächlich gesagt: ein Ex, als ob er den siebten Sinn gehabt hätte. Aber sie hatte sich eine Lüge zusammengebastelt, so auf die Schnelle, eine unverfängliche Kollegenschaft erfunden, aus ihrer Zeit an der Akademie der Schönen Künste, als sie Carlo noch längst nicht gekannt hatte, einen Jugendfreund sozusagen. Um diese Zeit?, hatte er nur bemerkt und war wieder zu Bett gegangen. Und dann hatten sie nie mehr darüber gesprochen.

Sie hatte Lorenzo aber nicht gesucht, geschweige denn aufgesucht, auch dann nicht, wenn sie in Bologna war, und das war öfter der Fall gewesen. Wenn sie die Tochter bei den Großeltern abholte oder wenn sie sie brachte. Oder wenn sie sonst dort etwas zu tun hatte. Als ein

Freund von ihr, den sie bei solcher Gelegenheit sah, der auch Lorenzo gut kannte, ihr einmal vorgeschlagen hatte, gemeinsam mit diesem zu dritt etwas zu unternehmen, hatte sie abgelehnt. Ohne Erklärung.

Einmal hatte dann wieder das Telefon bei ihr geklingelt, sie war gerade dabei gewesen, Laura bei den Hausaufgaben zu helfen, Carlo hatte abgenommen, aber niemand hatte sich gemeldet. Erwartest du einen Anruf?, hatte er sie gefragt. Nicht dass ich wüsste, hatte sie ihm geantwortet. Später hatte sie sich aber die Nummer aus dem Telefonspeicher abgeschrieben. Sie hatte sie nicht gekannt. Aufgrund der Vorwahl hatte sie einen Moment an Sergio gedacht. Aber gewünscht hatte sie sich, es wäre die von Lorenzo. Die es aber nicht war, sie hatte es überprüft, die hatte sie sich ja notiert gehabt.

Am nächsten Tag, als sie allein war, hatte sie die Nummer gewählt. Sie hatte der Versuchung nicht widerstehen können. Comune di Bologna, hatte sich eine Männerstimme gemeldet. Es hatte sie befremdet, sie hatte gleich wieder aufgelegt, ein Amt also. Aber am Nachmittag hatte sie es wieder versucht, hatte sie noch einmal angerufen. Nicht jene Nummer, die andere, die sie von ihm schon gehabt hatte, mit der sie jene nur verglichen hatte. Und jetzt erkannte sie in seiner Stimme auch sofort wieder die Männerstimme vom Morgen.

Warum hast du da nichts gesagt?, hatte er sie gefragt. Er arbeitete jetzt vormittags bei der Gemeinde.

Und dann hatte er ihr ungefragt seine Geschichte mit der Frau aus der Schweiz erzählt, die gerade zu Ende gegangen war. Die also mit einem Regisseur aus Zürich verheiratet war, mit dem sie auch zwei Kinder hatte. Trotzdem hatte sie mit ihm, Lorenzo, in Bologna zusammengelebt, ein paar Monate. Dann war sie wieder nach Hause gegangen. Zu ihrem Mann, zu ihrer Familie zurückgekehrt. Sie hatte ihm beigebracht, besser auf sich zu achten, gesünder zu leben und nur noch sicheren Sex zu haben. Nach all den Jahren in der Hölle. Mit all den Drogen, mit all den Exzessen. Du weißt ja, hatte er gesagt. Ja, ich weiß, hatte sie gesagt. Aber warum hast du mich angerufen? Warum jetzt? Eben weil ich jetzt weiß, was das richtige Leben ist, hatte er geantwortet. Dass ich nur mit dir ein gutes Leben gehabt habe. Das habe ich damals noch nicht gewusst. Weil ich mich wieder an alles erinnert habe. Vor fünf Jahren wäre es noch zu früh gewesen. Für uns beide. Für dich und für mich. Jetzt ist es der richtige Zeitpunkt. In wieder fünf Jahren ist es zu spät.

Und dann hatte sie ihm vorgeschlagen, sich in der Mitte irgendwo zu treffen, zwischen ihren beiden Städten, Triest und Bologna, zum Beispiel in Venedig, Venedig war naheliegend, Venedig wäre ein guter Ort, sagte sie, im kommenden Jahr, auf das es schon zuging, im Januar zum Beispiel oder im Februar, sie würde schon irgendwie wegkommen, sie rufe ihn rechtzeitig an. Wahrscheinlich geht es ihm schlecht, hatte sie noch gedacht, nachdem sie schon aufgelegt hatte, sonst hätte er mich nicht angerufen. Und: Offenbar hat er alles Schöne bewahrt, während ich es nur hinter mir gelassen habe. Das hatte sie auch noch gedacht.

XIII

März war es dann aber geworden. Vor zweieinhalb Jahren war das gewesen. Alles hatte sich durch die paar Telefonanrufe verändert. Nicht alles, aber doch vieles. Es war ihr wie alles vorgekommen. Schon auf dem Weg zum Bahnhof, den sie zu Fuß ging, war es ihr aufgefallen: die Männer schauten wieder hinter ihr her. Zwei Maurer auf einer Baustelle, an der sie vorbeikam, hatten ihr sogar hinterhergepfiffen. Sie musste es sich eingestehen, sie hatte es genossen. Offenbar war sie im Begriff, ihre Mütterlichkeit der letzten Jahre wieder gegen ihre Weiblichkeit einzutauschen. Es war ihr vorher noch nicht aufgefallen, aber war es ein Wunder? Immerhin hatte der schönste Mann auf der Welt nicht aufgehört, sie zu wollen. Sie wenigstens zu suchen. Wie würde er wohl jetzt sein, nach all diesen Jahren. Mehr als zehn davon waren vergangen, seit sie sich zum letzten Mal gesehen hatten.

Als sie in Venedig, Stazione Santa Lucia, aus ihrem Zug stieg, stand er schon da. Am Gleisende erwartete er sie.

Sie sah ihn von weitem. Er machte ein paar Schritte auf sie zu. Dicht voreinander blieben sie stehen. Zuerst schauten sie einander nur an. Dann gaben sie einander die Hand. Er küsste sie auf den Hals. Sie lachte; er lachte zurück. Du bist immer noch gleich, sagte er: voller Farben, leuchtend, wie immer, wie in der Erinnerung. Tatsächlich, sie hatte in den letzten Wochen die alten farbigen Kleider wieder aus den Schränken geholt. Für ihn. Für sich. Aber du, sagte sie, du hast dich verändert. Du bist nicht mehr so schwarz wie in meiner Erinnerung. So dunkel, so finster. Ich habe keine Angst mehr vor dir.

Und dann waren sie über die große Brücke gegangen, in die Stadt hinein, und sie hatte sich bei ihm eingehängt, schon nach wenigen Schritten, und sie hatten einen langen Spaziergang durch das halbe Venedig gemacht, ohne Ziel, durch die Gassen, über große und kleine Brücken, über die Plätze, in ein nicht endendes Gespräch vertieft, in dem sie einander wechselseitig ihre ohne den anderen verbrachten Leben erzählten. In dessen Verlauf der schönste Mann der Welt an ihrer Seite, der er für sie schon war, auch noch zu einem immer besseren Menschen wurde. Von Brücke zu Brücke, von Schritt zu Schritt. Er hatte sein Studium abgeschlossen; er ging einer geregelten, anständigen Arbeit nach; er war aus den Drogen und allem, was damit zu tun gehabt hatte, heraus. Das sagte er, und sie glaubte es ihm.

Am Ende eines Durchgangs, dicht am Wasser, waren sie stehen geblieben, ein paar Stufen führten hinab. Sie umarmten sich, sie küssten sich, eindringlich, leidenschaftlich. Sie wusste, dass sie im Begriff war, etwas zu tun, zum ersten Mal, von dem sie ihrem Mann nicht würde erzählen können. Sie tat es trotzdem, sie hörte nicht auf damit, es war keine Frage, es gab die Möglichkeit, es nicht zu tun, nicht, sie war auf dem rechten Weg, oder vielleicht nicht auf dem rechten, aber auf dem richtigen, wohin auch immer er führte, von hier ging ihr Leben weiter, es gab kein Zurück. Lorenzo hätte gerne mit ihr geschlafen, das sagte er, das war auch mit Händen zu greifen, jetzt, hier, in einem kleinen Hotel gleich um die Ecke, sie waren daran schon vorbeigekommen; das lehnte sie ab. Sie wäre lieber mit ihm ins Wasser gegangen, das sagte sie; das lehnte er ab; es wäre auch nicht ihr Ernst gewesen.

Stattdessen gingen sie einfach zurück, den Weg, den sie gekommen waren, oder einen anderen, das wusste sie nicht, sie hatte keine Augen dafür, eng umschlungen, Seite an Seite, wenn es der Gegenstrom der Passanten zuließ, die Richtung stimmte. Willst du fortan meine Gefährtin sein?, fragte er. Sie blieb stehen. Um seine Augen besser zu sehen, schob sie ihm seine dunkle Sonnenbrille über die Stirne hoch in die Haare. Ja, sagte sie. Sie gab ihm einen schnellen Kuss. Dann sind wir jetzt also Verlobte?, fragte er. Ja, sagte sie. Dann gingen sie weiter. Am Abend war sie wieder zu Hause gewesen.

XIV

Am Tisch, während des Essens, gab es nur dieses eine Gesprächsthema: den Sohn, und wie sie, Emma, ihn kennengelernt hatte. Sie erzählte es also. Ihre Geschichte. Und sie erzählte von ihren gemeinsamen Plänen. Von seinem Plan, mit ihr zusammen ein Antiquariat zu eröffnen. Später einmal, irgendwann. Wie er in seiner Wohnung in Bologna Bücher in Kisten gesammelt hatte. Wie er überhaupt da gelebt hatte. Sie wusste mehr von ihm, als seine Familie noch von ihm gewusst hatte, seit er in die Stadt im Norden gezogen war. Sie hatten ihn da nie besucht, und er hatte von seinem Leben dort nicht viel erzählt, wenn er einmal in ihr Dorf zurückgekehrt war, was in den letzten Jahren ohnehin immer seltener vorgekommen war. Darüber beklagte sich seine Mutter jetzt. Er, Lorenzo, ihr Zweitältester, sei der Einzige in der Familie gewesen, der ihr ab und zu ein Kompliment gemacht habe, selten genug auch er, am Telefon, oder wenn er doch einmal da gewesen war. Der Rest der Familie äußerte sich nicht dazu, selbst der Vater nicht. Er sprach überhaupt kaum ein Wort. Mein Sohn hat immer einen guten Geschmack gehabt, sagte er nur, indem er sein Glas hob, in Emmas Richtung, dann war er wieder still.

Antonio, der Älteste, war zuletzt mit seinem jüngeren Bruder zerstritten gewesen, wegen einer Lappalie, er konnte nicht einmal mehr genau sagen, was es gewesen war, seit April des laufenden Jahres hatten sie nicht mehr miteinander gesprochen. Auch das beklagte die Mutter jetzt. Dabei waren sie sich immer die Lieblingsbrüder gewesen, gegenseitig, schon von klein auf. Wenn der Kleinere etwas ausgefressen hatte, hatte sich der Größere immer schützend vor ihn gestellt, egal, was es gewesen war, egal auch, ob es gegenüber den Eltern oder gegenüber den Freunden auf der Straße gewesen war. Immer hatte er sich als der Hüter seines Bruders verstanden. Im Grunde im alten, im biblischen Sinn. Umso mehr schmerzte es ihn jetzt noch immer, dass er auf diesem Zerwürfnis sitzen geblieben war, bis auf den heutigen Tag. Dass die letzte Begegnung mit dem Bruder keine gute gewesen war. Heute konnte die Versöhnung vielleicht ein Stück weit gelingen, konnte er sich vielleicht ein wenig Erleichterung verschaffen. Das lag ihm am Herzen; dieses Gefühl hatte Emma, wenn sie ihn reden hörte. Wieder, immer: mit Lorenzos Stimme.

Nach dem Essen, während sie schon beim Grappa waren, war er plötzlich aufgestanden und ins Haus gegangen. Nun kam er zurück, mit einer schwarzen Sonnenbrille in der Hand, die er vor sie auf den Tisch legte. Es ist seine, sagte er. Ich habe sie aufbewahrt. Vielleicht willst du sie haben. Er setzte sich wieder. Emma sah ihn an. Sie schaute die Brille an. Sie nahm sie in die Hand. Für einen Augenblick setzte sie sie sich auf, um sie aber sogleich wieder abzulegen. Wieder fiel es ihr auf, was für ein Gewicht die Gegenstände bekamen, wenn die Menschen zu ihnen fehlten.

XV

Damals, zu Hause, zurück in Triest, in der Nacht, hatte Carlo sie nicht einmal danach gefragt, wo sie tagsüber gewesen sei, was sie gemacht habe, mit wem. Auch in den darauffolgenden Tagen nicht. Auch nicht, mit wem sie die ganze Zeit telefoniere. Nur dass sie nicht mehr dieselbe sei, hatte er festgestellt. Du bist eine andere, hatte er immer wieder gesagt. Seit jenem Tag, an dem sie zum ersten Mal ohne Erklärung weggeblieben war. Du bist eine andere. Er hatte es nicht verstanden. Sie hatte darauf nicht geantwortet.

Eine Woche später war sie erneut weggefahren, nach Bologna diesmal, zu einer Klassenzusammenkunft, zu der sie eigentlich gar nicht hatte fahren wollen, nun fuhr sie doch, es war eine willkommene Tarnung gewesen. Und natürlich war sie bei Lorenzo abgestiegen, an seiner neuen Adresse, er hatte sie ihr gegeben. Hausnummer zwölf, das war ihr sofort aufgefallen, sie hatte es sich leicht merken können; an einem Zwölften hatte sie sich zum ersten Mal von ihm getrennt, an einem Zwölften hatte sie dann auch geheiratet; immer wieder spielte die Zwölf in ihrem Leben diese gewichtige Rolle. Ihrer Mutter, bei der sie sonst die Nächte verbrachte, wenn sie nach Bologna zurückkam, hatte sie erklärt, dass sie bei einer alten Freundin aus der Klasse übernachte; dieser Freundin hatte sie gesagt, offiziell sei sie heute bei ihr, falls jemand sie danach frage, in Wirklichkeit komme sie aber nicht, mehr hatte sie auch ihr nicht erklärt.

Noch vor dem Abend, bevor sie zu ihrem Klassentreffen hatte aufbrechen müssen, das irgendwo draußen, in den Hügeln, auf einem Landgut stattgefunden hatte, hatten sie hastig miteinander geschlafen, Lorenzo und sie. Zum ersten Mal wieder nach mehr als zehn Jahren. Wie hungrige Tiere waren sie übereinander hergefallen. Sie hatten sich aufgefressen. Sie hatten sich ausgetrunken. Und nach dem Treffen, spätnachts, als sie aus den Hügeln wieder zurück war, hatten sie wieder zusammengelegen, ruhig jetzt, ruhiger als beim ersten Mal, fürs Erste gestillt, da hatten sie nicht mehr miteinander, nur noch nebeneinander geschlafen, Körper an Körper. Nicht mehr Liebe gemacht, sich nur noch geliebt.

Schöne Dinge hatte er ihr ins Ohr gesagt, die alle mit der Zukunft zu tun hatten. Mit ihrer gemeinsamen Zukunft, mit Zukunft überhaupt. Werden wir einmal Kirschen essen zusammen?, hatte sie ihn gefragt, aus einer Laune heraus. Ja, wir werden jetzt immer wieder Kirschen zusammen essen, hatte er ihr geantwortet. Und Himbeeren auch. Und dabei hatte er sich, eine nach der anderen, ihre Brustwarzen zum Mund geführt, um sie mit den Lippen zu kosten. Zart war die Nacht gewesen, zärtlich, süß, fein. Und erst am Morgen, nach dem Erwachen, beim Frühstück, hatte das Foto der Frau aus Zürich einen zartbitteren Geschmack hineingemischt, das sie, an ein paar Buchrücken gelehnt, auf der Kredenz entdeckt hatte. Am Ende hatte aber ein Gefühl der Dankbarkeit überwogen, schließlich war sie es ja gewesen, diese fremde Frau auf dem Bild, ihre, Emmas, Nachfolgerin und jetzt also Vorgängerin, die Lorenzo auf den rechten Weg zurückgebracht hatte, so hatte er es ihr erklärt, auf den Weg zu ihr, Emma, zurück in ihre Arme. Und sie war jetzt wieder auf dem Weg zu ihm. Sie musste ihre Arme nur öffnen. Sie hatte sie schon geöffnet. Sie hatte sie schon geöffnet gehabt und nur für einen Augenblick wieder geschlossen. Ihre Eifersucht war absurd. Die andere Frau hatte ihr nur den Boden bereitet. Sie hatte sich längst wieder zurückgezogen. Sie hatte ihr, Emma, Platz gemacht. Jetzt stand sie wieder an ihrer Stelle. Und es war nur noch eine Formsache gewesen, das Bild auf dem Möbel auszutauschen.

XVI

Nach dem Essen hatten die Kinder ihre Zeichnungen und Basteleien aus ihren Zimmern herbeigeschafft und vor ihr, der Zeichen- und Kunstlehrerin, ausgebreitet. Diese Gelegenheit wollten sie sich nicht entgehen lassen. Sie wollten von ihr, der Braut des Onkels, die es besser wissen musste als die Eltern oder die eigenen Lehrer, gelobt werden. Und Emma lobte sie, natürlich. Es fiel ihr auf, dass es ihr leichter fiel als bei der eigenen Tochter, bei der sie immer etwas zu kritisieren fand. Die ihr nie gut genug war, vor allem, wenn es um das eigene Fach ging. Was wiederum ihr selbst zu recht Carlos Kritik eintrug. Perfekt wollte sie ihre Tochter haben. Ebenso perfekt, wie sie es im Fach ihres Vaters war. Sie musste es zugeben, für ihr Alter schrieb Laura geniale Aufsätze. Was ihr von der Lehrerin auch bescheinigt wurde. Und nicht nur Aufsätze, auch kleine Geschichten, die ihr niemand abverlangte, von denen man nicht wusste, woher sie kamen, die sie sich selbst in Auftrag gab, aus reiner Freude, auf die sie stolz war.

Sie kommt nach mir, sagte Carlo dann manchmal. Und die Tochter setzte sich ihrem Vater auf die Knie, legte ihm den Kopf in die Kuhle zwischen Schlüsselbein und Hals und schloss für eine Weile glücklich die Augen, so jedenfalls sah es aus. Sie, Emma, sah das nicht wirklich gern. Wenn sie ehrlich mit sich war, musste sie sich eingestehen, dass es ihr jedes Mal einen kleinen Stich versetzte. Sie wollte nicht, dass ihr Kind das Kind ihres Mannes war. Das hatte angefangen, als sie selbst angefangen hatte, die Frau eines anderen Mannes zu sein. Und es war in letzter Zeit immer stärker so geworden. Nun, da alles gekommen war, wie es gekommen war, war es erst recht nicht mehr zu ändern.

Man war in den Schatten, ins Wohnzimmer, gegangen. Fotoalben wurden aufgetischt. Wie es schien, die einzigen Bücher im Haus, neben den Kochbüchern, die in einem Küchenregal standen, und neben ein paar Schulbüchern vielleicht, dafür eine ganze Reihe davon. Man wollte, dass die Schwiegertochter, die Schwägerin, die Tante ihre neue Familie kannte. Von Grund auf. Bis ins weiß Gott wievielte Glied zurück. Und zuallererst natürlich ihren Mann. Wie er einmal angefangen hatte, als Kind, als Junge, als junger Mann. Wie er zu dem geworden war, den sie am Ende kennengelernt hatte. Die ganze Vorgeschichte, bebildert, sie hatte von all dem bisher nur eine ungenaue Vorstellung gehabt.

Wieder stellte sie für sich fest, dass es dieses warme, wärmende Familiengefühl auf ihrer Seite nicht gab. Nie gegeben hatte. Nicht einen Hauch davon. Ihre Mutter war sich zu vornehm dafür gewesen. Ihr Vater war kalt, jedenfalls schien er ihr so, bis auf den heutigen Tag. Er brachte es fertig, wenn sie nach Monaten wieder einmal nach Hause kam, nicht einmal vom Fernseher aufzustehen, um sie zu begrüßen. Geschwister hatte sie nicht gehabt. Wenn sie auf einem Bild zu sehen war, dann irgendwo allein, abseits, in leeren, großen, vornehmen Räumen, am Rand eines gepflegten Gartens. Und auch von der eigenen Tochter gab es diese Bilder im Schoß der Familie nicht, in denen sie jetzt gezwungen wurde zu blättern. Genötigt, von Seite zu Seite. Es tat ja weh, das alles zu sehen. Abgesehen davon, dass es auch guttat. Schwer zu sagen, was überwog. Jedenfalls nahm sie sich vor, für ihre Tochter künftig auch solche Kindheits- und Jugendalben anzulegen. Sonst fotografierte sie ja auch alles, warum also nicht sie?

XVII

Dort, zu Hause, von Triest aus, hatte sie dann immer neue Gelegenheiten geschaffen, um Lorenzo zu sehen. Mit ihm zu schlafen. Ja, das auch, das vor allem. In Venedig, in Bologna, es war nicht wichtig. Geh, hatte ihr ein Freund gesagt, den sie eingeweiht hatte, wohin auch immer, ich jedenfalls würde gehen, an deiner Stelle, triff ihn, sooft du kannst; in noch einmal zehn Jahren will niemand mehr Kaffee mit uns trinken; vom Rest gar nicht zu reden. Dieser Rest war es vor allem gewesen, der sie süchtig gemacht hatte. Von Mal zu Mal mehr. Es hatte sich etwas in ihr gelöst. Es war nicht mehr aufzuhalten. Je öfter sie davon gehabt hatte, umso öfter wollte sie noch davon. Wenn sie nicht davon haben konnte, musste sie wenigstens davon sprechen. Wann immer ihre Situation es erlaubte. Zweimal täglich war das Mindeste gewesen, dass sie miteinander telefoniert hatten. Wenn sie ihren Alltag schon nicht teilten, mussten sie ihn sich wenigstens mitteilen.

Und Lorenzo teilte Emma jetzt auch mit, dass er sie liebe. Das war neu, das war früher anders gewesen, das hatte er damals vor über zehn Jahren nicht getan. Vielleicht hatte er sie da auch geliebt, auf seine Weise, die nicht ihre gewesen war, aber er hatte es ihr nicht gesagt; vielleicht war das Teil seines Konzepts von Liebe gewesen, damals. Jetzt war es jedenfalls anders. Jetzt konnte er nicht genug davon bekommen, es ihr zu sagen. Und sie war es, die Angst davor hatte, das große Wort in den Mund zu nehmen. Es auch nur zu denken, geschweige denn laut. Es war schon vergeben. Sie war verheiratet. Sie liebte Carlo. Zumindest hatte sie ihn einmal geliebt. Auch wenn es nicht immer leicht gewesen war, ihn zu lieben. Und sie hatte ein Kind mit ihm, eine wunderbare Tochter, die da neben ihnen und manchmal auch ein wenig zwischen ihnen heranwuchs. Von der sie sich in letzter Zeit ein wenig entfremdet hatte, zugegeben; wie sie sich auch von Carlo ein wenig entfremdet hatte, das war ja kein Wunder, mit seinen ewigen Selbstmordankündigungen. Nicht einmal Drohungen: Ankündigungen. Die ihr den Atem nahmen, die eigene Lebensfreude, die eigene Lebenskraft. Sie musste sich distanzieren. Ich stürze mich aus dem Fenster!, verkündete er immer wieder, bei jeder sich bietenden Gelegenheit, sei es aus Weltekel, sei es aus Liebesüberdruss; das war ja auch nicht gerade das, was eine Frau bei der Stange hielt. Auch vor der Tochter hielt er sich nicht zurück; er kannte kein Schamgefühl. Die weinte dann, die hatte dann Angst um ihren Vater: Ich stürze mich aus dem Fenster, das hätte genügt, sie wohnten unter dem Dach; und sie, Emma, musste sie vor ihm schützen. Wem glich sie eigentlich mehr, ihr oder ihm? Wahrscheinlich ihm; äußerlich ihr, charakterlich ihm. Sie musste es zugeben, sie hätte sich manchmal gewünscht, sie würde ein wenig mehr zu ihr und ein wenig weniger zu ihm gehören. Aber ihn zu ersetzen, einen anderen an seine Stelle zu setzen, daran dachte sie nicht im Traum. Daran hatte sie nicht im Traum gedacht. Jedenfalls in keinem der Träume, die sich am Morgen, nach dem Schlaf, über den Schlaf hinaus, in ihr Tagesbewusstsein hinübergerettet hatten.

Lorenzo allerdings hätte Carlo jetzt gerne ersetzt. Er störte ihn. Er bedauerte, dass er ihm das Feld überhaupt überlassen hatte. Hatte überlassen müssen. Dass er ihm Platz gemacht hatte, durch sein eigenes Verhalten. Dass er Emma nicht gehalten hatte, damals; festgehalten; zurückgehalten. Er hätte jetzt gerne mit ihr gelebt. Wirklich gelebt, nicht nur tageweise, abendweise, wenn es hoch kam einmal für ein Wochenende. Wäre gerne mehr als nur die Abwechslung in ihrem Eheleben gewesen, die Pause darin, der Pausenfüller. Was erzählst du deinem Mann, wenn du von mir zurückkommst?, hatte er immer wieder gefragt. Ausreden, hatte sie geantwortet, Lügen, natürlich, was sonst? Das hatte ihn wütend gemacht. Er wollte keine Lüge in ihrem Leben sein, sondern die Wahrheit, die einzige Wahrheit. Er kennt sie, die Wahrheit, beschwichtigte sie dann, er weiß es, ohne dass ich es ihm sage. Wenn er nicht nachfragt, beharrte Lorenzo, wenn er es nicht genau wissen will, bist du ihm ohnehin egal, dann kannst du ihn auch verlassen. Immer wieder hatte er das gesagt. Immer wieder hatte er das von ihr verlangt. Sie hatte nicht einmal daran gedacht. Es kam nicht infrage. Ich liebe ihn, hatte sie beharrlich geantwortet. Du liebst ihn nicht, du liebst mich, war immer sein letztes Wort gewesen. Sie hatte es nicht bestätigt. Sie liebte beide auf ihre Weise, hatte sie sich immer gesagt. Sie hatte es sich verboten, die beiden Männer zu vergleichen; aber natürlich verglich sie sie doch. Bevor sie im Sommer wieder nach Sardinien aufbrach, für die Ferien, mit der Familie, wie jedes Jahr, hatte sie geweint. Heimlich natürlich, nur für sich, niemand durfte ihre Tränen sehen, aber sie hatte sie nicht vermeiden können. Ich liebe ihn, er hat recht, war da ihr Gefühl gewesen, mehr als alles andere auf der Welt, und doch gehe ich jetzt mit einem anderen Mann von ihm weg. Mit einem anderen Mann, ja, wirklich, wörtlich, so hatte sie das damals empfunden.

XVIII

Und nun war dieser andere Mann so weit von ihr weg, als ob es ihn gar nicht mehr gäbe. Dort, irgendwo im Norden, in Triest, sie wusste gar nicht mehr recht, wo das war. Mehrere Tagesreisen von hier entfernt, so kam es ihr vor. Hatte sie dort wirklich so viele Jahre gelebt? Mit ihm? Sie wusste gar nicht mehr, wann sie von dort aufgebrochen war. Wann genau sie ihn dort verlassen hatte. Natürlich wusste sie es, wenn sie darüber nachdachte, sogar ohne darüber nachzudenken, aber ihr Gefühl hatte eine andere Zeit.

Es war heiß, noch immer, zu heiß, um aus dem Haus zu gehen, vor fünf oder sechs Uhr nachmittags war daran gar nicht zu denken. Die ganze Familie hatte sich zur Siesta in ihre Zimmer zurückgezogen, Emma in dasjenige Lorenzos, das man ihr schon vorher zugewiesen hatte. Es ist jetzt deines, hatten sie ihr gesagt, sie hatte es noch im Ohr; sie fühlte sich darin zu Hause, soweit sie sich überhaupt noch irgendwo zu Hause fühlte nach dem, was geschehen war. Jedenfalls nicht weniger zu

Hause als dort, wo sie weggegangen war, wann immer das gewesen war.

Das Zimmer war abgedunkelt, die Läden geschlossen, das Fenster geöffnet, es ging zum Meer, von draußen hörte sie das ruhige Anbranden und Zurücklaufen des Wassers. Das konnte aber nicht sein, dafür war es viel zu weit weg, das bildete sie sich nur ein, das sah sie nur, wenn sie die Augen schloss, weil sie es vorher so lange gesehen hatte, von der Terrasse aus. Und von zu Hause aus hatte sie sich seinen Ort immer so vorgestellt. Darüber, vom Garten her, das einschläfernde Gesirr der Zikaden. Das hörte sie wirklich. Ab und an den Schrei einer Möwe. Das Aufheulen eines Motors von der Hauptstraße herauf. Das Herunterbremsen am Ortseingang, das Wiederbeschleunigen bei der Ausfahrt. Die Hitze machte alle Geräusche laut.

Sie lag auf dem Bett, auf dem Rücken, und schaute zur Decke, über die wellenartig ein paar einzelne, durch die Ritzen der Verdunkelung dringende Lichtreflexe zitterten. Oder war das auch Einbildung, und es war nur sie, die ein wenig zitterte? Sonst sah sie nicht viel, auch wenn sie sich auf die Seite, zu den Wänden hin drehte. Und auch nachdem sie sich an die Dämmerung allmählich gewöhnt hatte. Ein paar Möbelstücke, zwei Stühle, ein Tischchen, eine Kommode, ein paar nichtssagende Gegenstände darauf, die außerdem im

Halbdunkel kaum richtig zu erkennen waren. Und über dem Kopfende des Bettes ein schweres Kruzifix; sie bekam es gerade noch in den Blick, wenn sie den Kopf ein wenig nach hinten legte und sich die Augen dabei stirnwärts beinahe ausdrehte. Ein wenig bedrohlich hing es da über ihr. Der frühere Bewohner des Zimmers hatte keine Spuren darin hinterlassen. Es sei denn, das Kreuz war eine solche Spur, von der sie nur später bei ihm nichts mehr gefunden hatte. Nur sein Gesicht machte sie aus, wenn sie sich lange genug darauf konzentrierte, seine Gesichter, die er ihr machte, die er ihr gemacht hatte, da und dort, in einem Schattenwurf an der Decke, im Bewurf einer Wand.

Sie hatte sich ausgezogen. Selbst der dünnste Stoff war ein Schmerz auf der Haut gewesen. Hatte sich zudem an deren Feuchtigkeit angeklebt. Jetzt hing er schlaff und schmal von der Stuhllehne, über die Emma ihr Kleid zum Trocknen gelegt hatte. Auch die Müdigkeit schmerzte. Die Müdigkeit durch die Reise, die sie noch in den Knochen hatte. Die Müdigkeit all der vergangenen Monate und Jahre, die dieser Reise vorangegangen waren.

Beinahe nackt, in ihrer Unterwäsche, lag Emma ausgestreckt auf dem Laken. Trotzdem kühlte der Körper nicht ab. Die Haut blieb feucht. Sie spürte es, wenn sie sich mit den Fingern vorsichtig berührte. An den kleinen Brüsten, am Bauch. Sie versuchte sich vorzustellen, wie Lorenzo auch hier gelegen hatte, genau hier, an ebendieser Stelle, auf diesem Bett, auf dem sie jetzt lag, das sein Bett gewesen war, das sein Bett war, das seine Familie ihr angewiesen hatte, in ihrem Zimmer, in seinem Zimmer: das Zimmer mit ihm zu teilen, den Körper mit ihm zu teilen, ein Leib mit ihm zu sein, in einer einzigen Haut – es gelang ihr nicht wirklich. Erst als es von außen an die Türe klopfte, bemerkte sie, dass sie ein wenig geschlafen hatte.

XIX

Im Norden, da, wo sie herkam, in Bologna, in Venedig, wo immer, *war* sie ein Leib mit ihm gewesen. Immer wieder. Ein Fleisch, wie die Bibel sagte. Glaubte sie wenigstens. Glaubte sie sich zu erinnern. So lächerlich das klingen mochte. Als Kind hatte sie sich über den Ausdruck gewundert; sie hatte ihn nicht verstanden: ein Fleisch. Jetzt wusste sie, was das hieß. Immer wieder hatten sie dort Mittel und Wege gefunden, ein Fleisch zu sein; sich zu treffen, sich zu sehen, sich zu erkennen, bei ihm oder auf halbem Weg zwischen ihnen. Sich zu erkennen, auch dies in der Sprache der Bibel, seither wusste sie erst, wozu die gut war, wozu es gut gewesen war, sie zu lernen, das hatte sie so vorher gar nicht gekannt. Diese Form von Erkennen. Auch nicht mit ihrem Mann. Auf diese fraglose, endgültige Weise. Einmal, als sie ihn auf gut Glück besucht hatte, auf dem Rückweg von Rom, wo sie sich an einer Ausschreibung beteiligt hatte, hatte Lorenzo sie nachher angerufen, nur um ihr zu sagen, dass er alles, was sie in seiner Wohnung mit ihren Händen berührt habe, genau so stehen gelassen habe, wie es von ihr berührt worden sei. Das improvisierte Nachtessen bei ihm war ein Kunstwerk gewesen, angerichtet und zelebriert auf ihren Körpern, die Körper selber die Nachspeise.

Erst ihr Aufenthalt in Sardinien, dieses Mal mit Kind *und* Mann, während der Sommermonate, hatte dem allem ein schmerzhaftes Ende gesetzt. Eine offene Wunde war es gewesen, was sie da mit sich herumtrug, die ganze Zeit, eine Verletzung, die sie sich selber beigebracht hatte, die sich nie mehr geschlossen hatte. Auf eine alte Ansichtskarte von genau dem Dorf, in dem sie gerade war, die er in einem alten Buch zufällig oder nicht zufällig gefunden hatte, die Lorenzo ihr dahin geschickt hatte, auf deren Rückseite er geschrieben hatte: Lade mich ein, und ich komme!, hatte sie nicht reagiert. Wie auch? Sie hätte da, wo sie war, keinen Platz für ihn gehabt. Da nicht und auch sonst nirgends, das war ihr schmerzlich bewusst geworden. Schon mit dieser Ansichtskarte, die sie gerade noch rechtzeitig aus der Post gefischt hatte, hatte sie ja nicht gewusst, wohin, wie denn mit ihm? Die heimlichen Anrufe von Zeit zu Zeit, die geheimen Nachrichten gelegentlich, hin und her, hatten zur Heilung nichts beigetragen, im Gegenteil, sie hatten das Gefühl des Getrenntseins nur noch verstärkt. Die Stimme, die Wörter hatten die Nähe nur vorgetäuscht, wenn sie verklungen war, wenn sie gelöscht waren, war er wieder so entsetzlich weit weg von ihr gewesen. Weiter entfernt als zuvor. Es war eine heillose Zeit gewesen. Nur das Abschreiben der SMS-Botschaften, starke Signale, in ihr kleines schwarzes Heft hatte ihr manchmal ein wenig Trost verschafft.

Nach ihrer Heimkehr, kaum dass sie wieder in Triest gewesen war, an einem Abend, an dem sie die Wohnung für sich allein hatte, während das Kind und der Mann noch irgendwo zusammen unterwegs waren, hatte sie Lorenzos Nummer gewählt, um sich zurückzumelden; aber Lorenzo hatte keine Zeit für sie gehabt oder haben wollen. Kurz angebunden war er gewesen. Ruf wieder an, später, hatte er nur gesagt. Ohne zu sagen, wann später war. Und gleich wieder eingehängt. Aber später war sie dann nicht mehr allein gewesen an diesem Abend.

Da war eine andere, hatte sie gleich bei sich gedacht, und das hatte sich dann auch bestätigt, aber es hatte nichts zu bedeuten, sie hatte es in Kauf zu nehmen, sie hatte nichts zu fordern, da sie nichts anzubieten hatte, sie lebte mit ihrer Familie im Trockenen, bei ihr war auch immer ein anderer, auch er hatte den Anspruch, eine Familie zu gründen. Natürlich, so war es, er hatte recht. Sie hatte darunter gelitten, aber sie hatte es nicht gezeigt, sie hatte sich die Erlaubnis zur Eifersucht nicht erteilt. Und er hatte darunter gelitten, dass sie sie nicht zeigte. Wenn sie nicht eifersüchtig ist auf meine Geliebte, bin ich ihr selber nur ein Geliebter, hatte er wohl gedacht. Und so war das Missverständnis noch eine Zeit lang vom einen zum anderen und wieder zurück zwischen ihnen hin- und hergegangen.

Schon vor jenem Sommer hatte er manchmal damit gedroht, dass es, wenn er eine andere fände, mit ihnen natürlich zu Ende sei; aber bisher war es nicht so gewesen. Auch jetzt war es nicht so. War es nicht wirklich zu Ende. Aber da er nicht mehr von ihr haben konnte, alles, wie er manchmal gesagt hatte, ohne genauer zu erklären, was alles gewesen wäre, hatte er damit begonnen, sich vor ihr zu schützen, sie zurückzuweisen, wenn sie ihm zu nahe kam. Oder gekommen war. Er hatte das immer schlechter ertragen. Nur immer noch deutlicher zu erfahren, wie sehr ihm alles fehlte, was sein Leben lebenswert gemacht hätte.

Dabei hatte er großartige Pläne mit ihr gehabt. Er mit ihr allerdings, so musste man das sagen, nicht sie beide miteinander. Woher hätte sie den Mut dazu nehmen sollen? Großartige Träume. Visionen geradezu. Was sollte sie davon halten? Noch war es neu für sie, dass er überhaupt über die Gegenwart hinaus dachte, dass er Perspektiven bis in die Zukunft hatte. Und dass sie dazugehörte, dass sie das Ziel, dass sie der Fluchtpunkt dieser Perspektiven war.

Ein Antiquariat wollte er eröffnen, in Bologna, in einer stillen Gasse, zu ebener Erde, in einem gewölbeartigen Ladenlokal, das er dafür schon ausersehen hatte. Damit fing es an. Fehlte nur noch der Mietvertrag. Immer schon hatte er schöne alte Bücher gesammelt, in Schachteln und Kisten standen sie in seiner Wohnung herum. Es war zum Lachen, er teilte diese Leidenschaft mit ihrem Mann, mit Carlo, auch dem konnten die Bücher nicht alt und ausgefallen genug sein. Die beiden hätten sich prächtig verstanden. Auch er steckte sein ganzes Vermögen, das er gar nicht hatte, das in Wirklichkeit ihr Vermögen war, von dem er lebte, in bibliophile Raritäten. Mit dem nicht ganz unwichtigen Unterschied allerdings, dass er, Carlo, sie nicht wiederverkaufen wollte, dass er sich nur in der äußersten Not von ihnen wieder getrennt hätte. Aber was war die äußerste Not, solange sie für ihn das Geld verdiente? Lorenzo hingegen wollte die Bücher mit Gewinn wiederverkaufen, so hatte er sich das vorgestellt, davon wollte er leben, mit ihr.

Und sie, Emma, hätte also ihre Stelle in Triest aufgeben müssen, nach seiner Vorstellung, hätte sich als Lehrerin wieder nach Bologna versetzen lassen sollen, ob mit oder ohne Familie, egal, und immer über Mittag, in der Ruhezeit, wenn die Buchhandlung geschlossen gewesen wäre, von dreizehn bis sechzehn Uhr, hätte sie ihn dort besucht und mit ihm im Hinterzimmer, hinter den Bücherstapeln, auf einem Sofa, am Boden, wie auch immer, der Liebe gelebt. Nichts sonst. Mehr hätte es nicht bedurft, seiner Meinung nach. Das wäre der einzige Sinn und Zweck ihres gemeinsamen Lebens gewesen. Und dann das Haus in Kalabrien, für später, für ihr gemeinsames Alter; das er im Laufe der Jahre für sie herrichten wollte; er hatte es schon gesehen, im alten Ortsteil von Calopezzati, da, wo er herkam, da, wo sie jetzt war, am Ionischen Meer, das war seine Vorstellung vom Alter gewesen, er hatte schon ein Auge darauf geworfen, er hatte es schon ausgewählt, es musste nur noch gekauft und bezahlt werden. Aber sie war jetzt erst einmal jung, wie er auch.

XX

Emma war wieder aufgestanden. Sie hatte sich frisch gemacht. Die anderen Kleider angezogen. Den dunklen, leichten Rock, eine Bluse. Gegen sechs wollten sie aus dem Haus. Von Calopezzati Mare nach Calopezzati Paese, ins Dorf.

Die Mutter hatte, trotz der immer noch drückenden Hitze, schwere schwarze Schuhe angezogen. Ein schwarzes Jäckchen über die Schultern gelegt. Der Vater ging immer noch hemdsärmlig. Die anderen, die Erwachsenen wie die Kinder, wirkten beinahe festlich, beinahe sonntäglich gekleidet. Obwohl es ein gewöhnlicher Werktag war und sie sich alle nur ausnahmsweise freigenommen hatten, Emma zu Ehren.

Die Eltern mit den Kindern, ihren Enkeln, fuhren voraus, Antonio mit der Schwester und deren Mann und mit Emma, die wiederum vorn sitzen musste, hinterher. Keine fünf Minuten, ein paar Kurven, ein paar Kehren den Hügel hinauf. Immer noch in der prallen Sonne. Da dunkle, da helle Erde, unter einer dünnen Grasnarbe, vollkommen ausgetrocknet. Ein wenig von der Straße weg, in trichterförmigen Vertiefungen, wurde sie abgebaut. Oben, auf dem Parkplatz vor dem Dorfeingang, von dem aus der Blick weit in die Hügel und über das Meer ging, stiegen sie aus. Durch ein schmales Tor in der Stütz- und Schutzmauer, über dem auch das Ortswappen aufgemalt war, drei Fische, drei grüne Hügel, traten sie ein. Eigentlich fast mehr ein kleines Städtchen als ein Dorf, auch wenn es sich Dorf nannte.

Überall im Ort, unter den Fensterläden, an den Türstürzen, waren Peperoncini zum Trocknen aufgehängt. Da und dort blieben sie stehen, redeten ein wenig mit den Leuten; jeder kannte hier jeden; die Bewohner kamen aus ihren Häusern, wenn sie nicht ohnehin schon davorsaßen, luden sie zu einem kühlenden Trunk ein, einem Chinotto, einer Limonade aus grüner Zitrone, baten sie herein, in den Schatten, boten ihnen aus kleinen Schälchen eingelegte Oliven dazu an; sie waren neugierig, Lorenzos Verlobte zu sehen. Die Erwachsenen küssten sie, auf die Stirn, auf die Wangen, die Kinder berührten sie an den Händen. Als Freundin des Sohnes ihrer benachbarten Freunde war sie auch ihre Freundin.

Alle zusammen, oder doch viele, stiegen sie die steilen Stufen zur Kirche hinauf, die Lorenzos Taufkirche gewesen war. Nicht nur Lorenzos natürlich, aller anderen aus seiner Familie auch, wahrscheinlich der meisten im Dorf, die mitgekommen waren und jetzt hier herumstanden, draußen, vor der dunkelgrünen Eisentür, vor der altrosa bemalten Fassade, unter dem Glockenturm, dessen Uhr eine falsche Zeit anzeigte, oder drinnen, hinter den Bänken, zwischen Beichtstuhl und Taufstein. Die, die mit hineingekommen waren, tunkten die Finger in das Weihwasserbecken an einer der Säulen hinter dem Eingang und schlugen das Kreuz. Im Namen des Vaters, des Sohnes, des Heiligen Geistes. Emma tat es ihnen nach, obwohl sie nicht gläubig war. Den Gott ihrer Kindheit hatte sie schon lange verloren. Ihre Tochter war nicht getauft. Das tat nichts zur Sache, es ging ihr immer noch leicht von der Hand.

Es war eine einfache Kirche. Eine Marienkirche. Santa Maria Assunta. Im Gegensatz zu Santa Maria l'Adorata, die es im Dorf auch noch gab, etwas tiefer gelegen, die älter war, mit kostbaren Ausschmückungen, die geschlossen war, an der gerade gearbeitet wurde, die nur noch als Wallfahrtskirche in Gebrauch war. Diese hier hatte wenig Schmuck, nur in den Seitenschiffen, den Seitenwänden entlang, hinter Glas ein paar Heiligenbilder. Und über dem Altar mit dem dreiteiligen Flügelbild eine Abendmahlsdarstellung, vor der aufgeregt ein Sperling herumflatterte, der offenbar irgendwo unter dem Dach ein offenes Fenster gefunden hatte, das er nun nicht wiederfand. Die Madonnenfigur, überlebensgroß, in rotes Tuch und weißen Hermelin gekleidet, gekrönt, mit einem ebensolchen Jesuskind im Arm, auf einem Sockel rechts neben dem Altar, hatte ein Gesicht, das auf der einen Seite lächelte und auf der anderen Seite weinte. Eine Madonna für alle Gelegenheiten, für die Freuden- und für die Trauerprozessionen. Viele der Mitgekommenen zündeten ihr zu Füßen jetzt eine Kerze an. Lorenzos Familie auch, jedes einzelne Familienmitglied eine, Lorenzos Mutter für Emma eine mit, die Kinder durften sie anzünden. Die Münzen fielen scheppernd in die blecherne Kasse.

Nach dem Besuch der Kirche gingen die Eltern schon in ihr Haus voraus, das ganz in der Nähe lag, zwei Gassen tiefer, eine Treppe hinab, um dort eine kleine Vesper vorzubereiten. Die Tochter, ihr Mann und die Enkel gingen mit ihnen. Nur Antonio wollte Emma noch zum Haus führen, das Lorenzo für sie auserkoren hatte. Das er hatte kaufen, restaurieren und für das Alter mit ihr zusammen bewohnbar machen wollen; er hatte also nicht nur ihr davon erzählt, es war nicht nur ein Hirngespinst. Es lag am oberen Dorfrand, es war eine Ruine, es stand immer noch leer, und es war immer noch zu haben.

XXI

Tatsächlich hatte sie sich damals ja versetzen lassen wollen, hatte sie etwas verändern wollen, hatte sie sich weiterbewegen wollen. Aber nicht in seine, Lorenzos, Richtung. Ins Ausland, ins Offene, möglichst weit weg, nach Spanien oder nach Deutschland, mit Mann und Kind, um ihre Ehe auf eine neue Bahn zu bringen, es war eine kleine Hoffnung gewesen. Um sie zu retten. Vielleicht auch, um sie aufs Spiel zu setzen; wer wusste das schon so genau; sie jedenfalls nicht. Nach Rom war sie wieder gefahren, zu einer Bewerbung, eine Freundin aus alten Tagen hatte sie auf die Gelegenheit aufmerksam gemacht, sie selbst wollte sich auch bewerben, vor Ablauf des Jahres hatten die Unterlagen in der Hauptstadt zu sein, im April hatten sie zur Prüfung dort anzutreten, gemeinsam waren sie hingefahren, Emma hatte bestanden, die Freundin nicht. Sobald an einer italienischen Schule im Ausland eine Stelle für Kunst frei werden würde, würde die Glückliche fahren können.

Emma hatte nicht so recht gewusst, ob sie darüber wirklich glücklich sein sollte, ob nicht. Lorenzo hatte sie jedenfalls von den neuen Aussichten vorerst nichts erzählt. Auf dem Rückweg hatte sie ihn in Bologna besucht. Zum ersten Mal waren sie da zusammen erwischt worden. Zum ersten Mal seit Emma verheiratet war und seit sie wieder ein Paar waren. Waren sie wieder ein Paar, waren sie noch ein Paar? In einer Bar hatten sie am Tresen gestanden, hatten sie einen Aperitif getrunken, als eine gemeinsame Bekannte aus früheren Tagen hereingetreten war, direkt auf sie zu. Aha, hatte sie ausgerufen, da habe ich euch also erwischt. Als ob sie es schon immer geahnt hätte. Und mit einer gewissen Befremdung über sich selbst hatte Emma festgestellt, dass es ihr, nach dem ersten Erschrecken, im Grunde egal war. Nicht einmal um Stillschweigen hatte sie die Frau gebeten, als die sich wieder verabschiedete. Und Lorenzo schien der Vorfall sogar willkommen gewesen zu sein. Er hatte nichts zu verlieren.

Später, beim Essen, in einem ganz bestimmten Licht, war ihr auf seiner linken Wange zum ersten Mal eine kleine Narbe aufgefallen. Vielleicht hatte sie sie früher schon gesehen, aber sie hatte sie nicht beachtet. Jetzt hatte sie wissen wollen, woher er sie habe, ob sie immer schon da gewesen oder ob sie neu sei. Er hatte darauf nicht geantwortet. Stattdessen hatte er ihr eine Geschichte aus seiner Jugend erzählt. Mit einem Freund zusammen, bei der Arbeit auf dem Feld, hatte er einen jungen Raben gefunden, der noch nicht fliegen konnte. Da war er fünfzehn gewesen. Er hatte ihn mitgenommen und aufgezogen. Jahrelang war der Rabe bei ihm geblieben. Eines Tages war er dann doch weggeflogen.

Die Geschichte hatte sie traurig gemacht, war ihr seltsam nahegegangen. Genau das war auch der Wunsch ihres Mannes, wäre Carlos Wunsch gewesen: einen eigenen, handzahmen Raben zu haben; der einem immer wieder zuflog; der einem aus der Hand fraß; der einem bei der Arbeit über die Schulter schaute; der vielleicht sogar sprechen lernte, seine Gedichte rezitieren. Das Letzte hatte er nicht gesagt, das dichtete sie ihm jetzt an. Immer schon oder jedenfalls seit sie ihn kannte, hatte er diesen Traum gehabt. Seit er Edgar Allan Poe gelesen hatte. Wieder verglich sie die beiden Männer, die sie sich vorgenommen hatte nicht miteinander zu vergleichen. Den einen, den Leser, den Träumer, der seine Träume nicht in die Tat umsetzte, auch nicht die Drohung, sich aus dem Fenster zu stürzen; und den anderen, der einfach nur dastand und war, der ein einfaches, gerades Leben führte, aber das führte er wirklich, das ergriff er, das hatte er, und das bewunderte sie. Auch wenn sie seine Vitalität manchmal als Gewalt erfuhr; nicht als Gewalt, die er ihr antat, aber als Gewalt, der sie unterworfen war, der sie sich unterwarf, die sie zu allem bereit machte. Nein, nicht zu allem, aber zu fast allem.

Lorenzo hatte Fleisch bestellt. Emma nicht, sie aß kein Fleisch. Seit zwanzig Jahren nicht mehr. Ein Film über industrielle Tierverarbeitung hatte sie davon abgebracht; das war zu abscheulich gewesen, damit wollte sie nichts mehr zu tun haben. Als er ihr ein Stück von seinem Teller zum Kosten angeboten hatte, hatte sie es trotzdem genommen. So war das immer gewesen. So war das. Das war die Wahrheit: Mit diesem Mann hätte sie früher oder später auch wieder Fleisch gegessen.

Auf dem Weg zum Bahnhof, am nächsten Morgen, hatte er sie gefragt: Weißt du, was mir an dir so gefällt? Seit er sie kannte zum ersten Mal; sie hatte es nicht gewusst. Drei Dinge: deine Augenfältchen, das völlige Fehlen deines Gleichgewichtssinns, deine Verrücktheit. Sie hatte es zur Kenntnis genommen, sie hatte es hingenommen, ohne genau zu wissen, wovon er sprach, außer natürlich bei den Augenfalten, die kannte sie auch. Tatsächlich hüpfte sie, wenn sie, wie damals gerade, neben ihm herging, fröhlich von einer Seite zur anderen, sich vorbeugend, sich wieder aufrichtend. Leichten Ganges. Im Unterschied zu dem seinen, zu seinem Gang; dessen Festigkeit, dessen Schwere. Es war ihr bisher nicht aufgefallen, sie hatte kein Bewusstsein davon gehabt, jetzt sah sie es auch, diesen Unterschied zwischen ihnen, diese Nichtsynchronisierbarkeit ihres Gehens nebeneinander; sie musste darüber lachen. Aber die Verrücktheit, hatte sie damals gedacht, die Verrücktheit teilen wir miteinander. Und es war noch lange nicht ausgemacht, wer von ihnen beiden der oder die Verrücktere war.

Immer wieder hatte es zwischen ihnen diese magischen Momente gegeben. Das war ihr Ausdruck dafür gewesen, so hatte sie diese kostbaren Augenblicke für sich immer genannt. Einmal, in Venedig, da war sie vor lauter Gehüpfe und Gefuchtel beinahe in den Kanal gefallen. Passen Sie auf, Signora, hatte sie im letzten Augenblick ein Passant noch gewarnt, Sie tanzen am Abgrund! Das hatte er wirklich gesagt: Sie tanzen am Abgrund, Signora! Sie hatte sich umgeschaut, über die Schulter, und tatsächlich hinter ihrem Rücken nur noch Wasser gesehen. Aber Lorenzo hatte sie festgehalten. Er hätte sie immer festgehalten, damals. Du bist keine Signora, du bist eine Zingara, eine Zigeunerin, hatte er lachend gesagt. Da hatte auch sie wieder gelacht.

Und zuletzt im September, als der rötliche Schatten ihrer zwei Weingläser auf den Stufen bei San Trovaso mit dem Sonnenlicht spielte. Was an Venedig gefällt dir?, hatte er sie plötzlich gefragt. Der Tod, hatte sie geantwortet, ohne zu zögern, ohne zu überlegen. Das sichtbare Sterben der Häuser, der Mauern, der Fraß der Zeit, der Vergänglichkeit. Diese Allgegenwart des Todes, die die Liebe zum Leben so stark macht. So ungefähr hatte sie sich damals ausgedrückt. So ungefähr hatte sie es empfunden.

Dann im November dieser Anruf, nachts um drei, während Carlo auf seinem Sofa vor dem laufenden Fernseher schlief: Willst du mich heiraten? Willst du ein Kind haben mit mir?

XXII

Emmas Handy hatte geklingelt. Carlo. Sie sah es auf dem Display. Noch immer besichtigte sie mit Antonio das Haus. Ihr Haus. Das Haus, das einmal ihr Haus hätte werden sollen. Sie ging etwas abseits, in einen anderen, angrenzenden Raum, trat auf einen baufälligen Steinbalkon hinaus, bevor sie den Anruf annahm.

Wo bist du? Was machst du?, schrie Carlo sie an, noch ehe sie sich hatte melden können. Und sie erklärte ihm wieder, ganz ruhig, was sie ihm schon zu Hause erklärt hatte. Und was sie auch ihrer Mutter erklärt hatte. Dass sie in Kalabrien einen dreitägigen Workshop besuche. Zusammen mit ihrer Freundin aus Bologna. So hatte sie sich das ausgedacht. Nur hatte ihre Mutter inzwischen in Bologna diese Freundin zufällig auf der Straße getroffen. Und es nicht lassen können, auf der Stelle in Triest anzurufen. Was macht ihr mir vor? Was verschweigt ihr mir?, hatte sie Carlo befragt. Und er gab die Frage nun weiter: Was verschweigst du mir? Was machst du mir vor? Nichts, sagte sie. Sie versuchte, ruhig zu bleiben. Ich bin hier, in Kalabrien, in Calopezzati, wie ich es dir gesagt habe. Nur dass meine Freundin nicht mitfahren konnte. Krankheit, Krankheit in der Familie oder was weiß ich? Aber im Grunde war ihr alles egal. Das spürte sie. Und es erschreckte sie nicht einmal wirklich. Bist du mit einem Mann?, fragte Carlo, zum ersten Mal direkt. Nein, sagte sie, ich bin allein. Im Grunde war es die Wahrheit. Aber Carlo glaubte ihr nicht. Du belügst mich, sagte er, sehr bestimmt, nicht mehr fragend. Ich belüge dich nicht, sagte sie, trotzig. Du belügst und betrügst mich, insistierte er aber, und das schon lange. Nein, sagte sie, nein.

Damit brach sie das Gespräch ab. Tatsächlich hatte sie nicht das Gefühl, ihn zu betrügen. Weil es in ihrem Gefühl diesen Mann, dort in der Ferne, am anderen Ende des Drahtes, gar nicht mehr gab, den sie hätte betrügen können. So wenig wie diesen Draht. Weil das alles doch längst Vergangenheit war. Draht und Mann. Und nur aus Gewohnheit sprach man noch manchmal davon.

XXIII

Dann dieser letzte Winter. Dieser schreckliche letzte Winter. Heiraten, ein zweites Mal, sich scheiden lassen, ja, vielleicht, wer weiß, warum nicht, das war schwierig, aber es ließ sich immerhin denken, das hatte sie Lorenzo in jener fraglichen Nacht, drei Uhr morgens, während ihr Mann nebenan vor dem Fernseher schlief, am Telefon erklärt, aber ein zweites Kind nicht. Das kam für sie nicht infrage, auf keinen Fall. Was hätte das erste dazu gesagt? Wo wäre das erste geblieben?

Und darauf hatte er damit begonnen, sie zu bedrängen, sie in die Enge zu treiben, sie telefonisch zu belästigen, immer wieder, ständig, rücksichtslos; und sie hatte die größte Mühe gehabt, Carlo davon nichts merken zu lassen, das alles, diesen plötzlichen Ansturm, an Carlo irgendwie vorbeizusteuern. Wenn du ehrlich bist, ist dir dein Mann doch egal, und du bist deinem Mann egal, hatte Lorenzo ins Blaue hinaus behauptet. Sie hatte es abgestritten, beides, aber sie war sich nicht sicher gewesen, ob er nicht vielleicht doch recht gehabt hatte, im einen oder im anderen oder in beidem. Warum hatte Carlo sie nie mehr nach den genaueren Umständen gefragt, wenn sie wegging? Warum war er in letzter Zeit so leichtgläubig gewesen, wenn sie ihm irgendwelche Vorwände auftischte? Die sie sich selbst nicht geglaubt hätte. Und warum hatte umgekehrt sie tatsächlich immer weniger Wert darauf gelegt, glaubwürdig zu sein, wenn er doch einmal nachfragte? Und sei es zum Beispiel nur, warum sie so oft telefonierte, mit wem und zu den unmöglichsten Zeiten? Gab es denn eine vernünftige Erklärung dafür, außer der Wahrheit?

Ein wenig fürchtete sie sich jetzt wieder vor Lorenzo. Und mehr noch als vor ihm vor sich selber. Wo stand sie? Wohin ging sie? Wo trieb sie hin? Ihr Leben war wieder auf Sand gebaut, wie früher, bevor sie sich in die Sicherheit ihrer Ehe gerettet hatte. In die scheinbare Sicherheit. Sie spürte, wie der Grund unter ihr ins Rutschen geriet. Ein Sandkorn löste das andere. Riss das andere mit. Und sie war nicht willens genug, diese Bewegung aufzuhalten, einen Schritt zu tun, rückwärts, zurück auf den sicheren Boden. Ihr Verhalten in dieser Zeit hatte, wenn sie es jetzt bedachte, etwas Ruinöses gehabt. Jede Vorsicht, jeden Schutz hatte sie aufgegeben. Den Schutz für sich selbst und den Schutz der Familie. Sie hatte alles gewollt, gleichzeitig, nebeneinander, und dafür war sie bereit gewesen, alles zu verlieren.

Bald ist Weihnachten, was schenkst du mir?, mit dieser Frage hatte Lorenzo sie einmal telefonisch geradezu überfallen. Immer wieder war er ihr gegenüber jetzt so forsch und fordernd aufgetreten. Drängend. Während er ihr auf der anderen Seite einzureden versuchte, dass sie die ganze Ewigkeit vor sich hätten, wenn es darum ging, sie mit der Gegenwart zu versöhnen. Sie hatte mit ihm immer gelebt, als ob diese Ewigkeit gleich zu Ende wäre. Beide, jeder auf seine Weise, hatten sie recht gehabt.

Kurz vor Weihnachten hatte sie ihn dann in Bologna gesehen. Sie hatte dort ihre Eltern besucht, mit ihnen die Weihnachtsgeschenke getauscht. Auch er hatte ihr ein Geschenk mitgegeben, eine blaue Tasse, die sie aber ihrer Mutter weitergeschenkt hatte. In Triest, im eigenen Haushalt, wäre sie ihr in die Quere gekommen. Hätte sie unnötige Fragen ausgelöst: Woher sie denn käme? Auch für Laura hatte er ein Geschenk dabei, ein blaues Tuch, in Seidenpapier eingeschlagen. Schade, dass sie mir nicht dafür danken kann, hatte er traurig dazu gesagt. Das konnte sie nicht, sie kannte ihn nicht, sie sollte ihn auch nicht kennen. Als Geschenk ihrer Bologneser Freundin würde sie es ihr überreichen. Aber wie es ihr gefallen habe, sollte Emma ihm trotzdem später erzählen, so waren sie verblieben.

Sie wäre gerne ins Haus gegangen mit ihm, in seine Wohnung. Sie hätte gerne mit ihm geschlafen. Aber er war ihr ausgewichen, hatte draußen bleiben wollen, unbedingt, unterwegs, trotz der Kälte, von Bar zu Bar mit ihr ziehen. Ein Bekannter von Emma, aus alten Zeiten, war unvermittelt vor ihnen aus einer Seitenstraße getreten und vor ihnen hergegangen, ohne sie zu bemerken. Emma hatte ganz selbstverständlich zu ihm vorgehen und ihn begrüßen wollen. Aber Lorenzo hatte seinen Schritt verlangsamt und war zurückgeblieben. Und erst zwei Ecken weiter, nachdem sie sich von ihrem Bekannten wieder verabschiedet hatte, hatte er wieder zu ihr aufgeschlossen.

Er war mit ihr auf die andere Seite der Stadt gegangen, die dunklere, auf die Nachtseite, die ihr fremd war, in der sie sich nicht auskannte, in der sie niemanden kannte und in der auch niemand sie kannte. Als sie sich verabschiedeten, spät, auf der Straße, mit einem flüchtigen Kuss, hatte er nicht danach gefragt, ob sie sich noch einmal wiedersehen würden. Obwohl sie doch noch für ein paar Tage in der Stadt war. Und er es natürlich wusste. Und nachdem sie ihn zwei Tage später trotzdem noch einmal angerufen hatte, weil sie es anders nicht aushielt, und sie sich tatsächlich noch einmal verabredet hatten, erneut außerhalb seiner Wohnung, er hatte darauf bestanden, und sie hatte nicht gewagt zu widersprechen, hatte er zwei Stunden vor der vereinbarten Zeit wieder abgesagt. Ohne Begründung. Es hatte ihr wehgetan; aber sie hatte nichts gesagt, hatte nichts sagen können. Wahrscheinlich hatte er aufgegeben, hatte sie damals gedacht. Wahrscheinlich hatte er die Aussichtslosigkeit ihres Verhältnisses nicht länger ertragen. So hatte sie sich seine plötzliche Ferne, seine plötzliche Kälte erträglich oder wenigstens verständlich zu machen versucht.

Zu Neujahr hatten sie einander bis dahin immer gegenseitig beglückwünscht. Um Mitternacht. Um Mitternacht herum, wie es gerade ging. Sich Glück gewünscht für ein weiteres Jahr ihrer Liebe. Diesmal wünschte er ihr nur Glück für ihr Leben. Mittels einer SMS-Botschaft, die sie am Neujahrsmorgen um sechs Uhr erreichte. Sonst nichts. Als ob sie sich nie mehr hören würden. Als ob sie sich nie mehr sehen würden. Als ob ihr Leben mit dem seinen nie mehr etwas zu tun hätte. Sie hatte nicht reagiert. Es war ihr unmöglich gewesen.

Um elf war eine zweite Botschaft gekommen: Such bitte nicht mehr nach mir! Mit Ausrufezeichen versehen. Da war sie schon unterwegs gewesen, im Auto, mit Laura und mit einer Freundin und deren Kind, ohne Männer, die Freundin hatte keinen, sie zog ihre Tochter allein groß, und Carlo war einmal mehr lieber zu Hause geblieben, in die Berge, in den Schnee, wie jedes Jahr in dieser Zeit, zum Skifahren, zum Schlitteln. Auch darauf hatte sie nicht geantwortet, sie hatte den Wunsch respektiert. Er hatte sie auch gar nicht mehr überrascht. Aber zwei Stunden später noch einmal: Such nicht mehr nach mir! Ins Leere. Sie hatte ja nicht mehr nach ihm gesucht. Wie auch? Auch sie hatte ihren Stolz. Wenn einer ihr sagte: Lass mich in Ruhe, dann tat sie das auch. Dann ließ sie ihn eben in Ruhe. Aber wahrscheinlich hatte die Botschaft, entgegen dem Wortlaut, geheißen: Such endlich nach mir! Lebe endlich mit mir! Liebe mich endlich, so wie ich dich!

Aber am Abend, nachts, als alle im Berghaus schon schliefen, hatte er sich wieder selber gemeldet, persönlich, mit seiner Stimme, nicht nur digital; böse, verletzend. Wie viele Männer hast du gehabt, seit wir uns kennen?, hatte er Emma gefragt. Einfach so, aus dem Stand, brüsk. Und wie viele seit Weihnachten? Ich brauche die Zahlen fürs Lotto! Da hatte sie eingehängt. Aber in der darauffolgenden Nacht, um dieselbe Stunde, als ob nichts gewesen wäre, hatte er wieder angerufen. Wie ist das Wetter, dort oben in den Bergen?, hatte er da gefragt. Wie ist der Schnee? Was interessiert dich das?, hatte sie nur zurückgefragt. Es interessiert mich nicht, hatte er geantwortet. Dann nichts mehr.

Dann wieder, am darauffolgenden Morgen, per SMS: Giorgio Gaber ist heute gestorben. Unter anderen Umständen hätte sie das durchaus interessiert, er war nicht nur Lorenzos, sondern auch einer ihrer Lieblingssänger gewesen, der sie durch ihre späte Jugend begleitet hatte, jetzt hatte sie die Mitteilung nur als obszön empfunden, als vollkommen unangebracht, als aufdringlich, als absurd; umso mehr als ihr ein Postscriptum folgte: Glaub bloß nicht, ich denke an dich! Bitte ruf mich nicht mehr an, schrieb sie jetzt zurück.

Er hatte sie doch wieder angerufen, schon am nächsten Tag. Sie war gerade dabei gewesen, ihrem Mädchen in den Skianzug zu helfen, da hatte ihr Handy geklingelt. Hilf mir!, hatte er sie gleich überfallen. Ich brauche dich! Du bist die Einzige, die mir helfen kann! Ich schaffe das Leben allein nicht mehr! Ziemlich verwirrt, mit verzweifelter Stimme. Was ist los?, hatte sie ihn gefragt, etwas verärgert über den Überfall, jedenfalls kurz angebunden, ihre Tochter brauchte ihre Hilfe ja auch. Mit einer Hand half sie ihr weiter beim Ankleiden. Ich bin verliebt, hatte er gesagt; ich kann ohne diese Frau nicht mehr leben. Wer ist sie?, hatte sie zurückgefragt, das hatte er ihr ja nicht gesagt, möglichst neutral, möglichst ruhig, sie hatte ja eine Mithörerin, sie konnte ja nicht riskieren, dass ihre Tochter ausgerechnet auf diese Weise von der ganzen Sache erfuhr. Die war jetzt eingekleidet, hatte zuletzt noch die Schnallen an ihren Schuhen geschlossen; fragend, ungeduldig zog sie an ihrer Mutter. Du jedenfalls nicht!, war es aus der Hörmuschel gekommen, die Emma dicht ans Ohr gepresst hielt, damit möglichst wenig nach außen drang; heftig, hasserfüllt; jedenfalls klang es so. Wie kann ich dir dann helfen?, hatte sie zurückgegeben, ratlos, ärgerlich, des Katz-und-Maus-Spiels müde, von der offenbaren Ausweglosigkeit auch ein wenig erschöpft. Du allein kannst es, hatte er insistiert, nun wieder gefasster, wir werden heiraten, und dann werden wir immer zusammen sein. Dazu hatte sie nichts gesagt. Laura steht neben mir, hatte sie nur geantwortet, ich muss sie zum Skilift bringen, ihr Skilehrer wartet auf sie.

Später, als sie allein wieder zurück war, hatte er noch einmal angerufen. Lass mich, ich lasse dich auch, hatte er ruhig gesagt. Von sehr weit weg. So war es ihr vorgekommen.

XXIV

Zurück in Triest hatte sie die Stille aber nicht ausgehalten. Das Stillschweigen zwischen ihnen. Zwischen ihr und ihrem Geliebten. Ihrem Liebsten. Denn das war er ja. Lorenzo, nicht Carlo. Immer noch, immer mehr. Daran führte kein Weg vorbei. Es war ein ständiges Weh gewesen.

Es hatte geschneit, in jenem Winter, immer wieder, auch in Triest, auch da unten am Meer. Sie hatte ihm eine SMS-Botschaft geschickt, über das Schneien, darüber, wie sie es liebte, über den Schnee auf den Dächern und in den Straßen, über das Eisblau des Wassers. Und über die Stille und über die Leere und über ihre Traurigkeit, seit die Verbindung zwischen ihnen abgebrochen war. Es war keine Antwort gekommen.

Ein wenig wie weggeworfen war sie sich vorgekommen. Obwohl sie ja ihre Familie hatte. Aus seinem, aus ihrem Leben vertrieben. Er hat deine Stimme nicht mehr ertragen, hatte ihr ihre Freundin aus Bologna, mit der sie darüber sprach, am Telefon erklärt. Deine positive, immer optimistische Stimme. Dein ewiges: Es geht mir gut; auch wenn es dir schlecht geht, deine ewige Euphorie. Sie hatte Lorenzo auf der Straße getroffen. Ihm ging es schlecht, und er sagte es auch. Das Herz hatte ihm auf der Zunge gelegen, er hatte ihr alles gestanden. Ihm ging es nicht gut, und er wollte, er konnte nicht glauben, dass es Emma besser ging. Es wäre ihm wie Betrug, wie Verrat an ihrer Liebe erschienen. Er hat ja recht, hatte Emma geantwortet. Es war so. Er *hatte* recht, es ging ihr nicht besser als ihm. Aber hätte sie sich das auch noch jeden Tag sagen sollen? Und ihm? Wäre es dadurch anders geworden?

Sprich mit ihm, hatte die Freundin gesagt, komm nach Bologna, Ende des Monats ist Kunstmesse, was gäbe es für einen besseren Grund, für einen besseren Vorwand. Und tatsächlich war Emma gefahren. Und sie hatte ihn angerufen. Und sie hatte von ihm verlangt, dass er sie sehe. Dass sie ihn sehen könne. Von Angesicht zu Angesicht. Dass er ihr ins Gesicht hinein wiederhole, was er ihr in der letzten Zeit aus der Ferne an Bösem, an Verletzendem gesagt habe. Heute, bald, am besten sofort.

Und er hatte eingewilligt. Auch wenn er sie wieder nicht bei sich hatte empfangen wollen. Er hatte die Wohnung nicht mehr, in der er einmal alles so stehen gelassen hatte, wie es von ihr berührt worden war. Er wohnte jetzt zur Untermiete, in einem Zimmer, bei einer alten Frau, da könne er keine Besuche empfangen, hatte er ihr gesagt. Wahrscheinlich Ausflüchte. Es tat nichts zur Sache. Du entscheidest, hatte sie ihm geantwortet, du entscheidest, wo und wie lang, ob für fünf Minuten oder für die ganze Nacht, aber wir sehen uns, jetzt.

Und dann hatten sie sich also gesehen. Auf dem Platz vor der Universität hatten sie sich verabredet. Beinahe gleichzeitig waren sie eingetroffen. Aus derselben Richtung, sie mussten hintereinander hergegangen sein, sie hatte es nicht bemerkt. Für alle Fälle hatte sich Emma bei ihrer Freundin eine Übernachtungsmöglichkeit verschafft, hatte ihre Sachen schon einmal dort hingebracht. Aber das wäre gar nicht nötig gewesen. Ganz in der Nähe des Treffpunkts, gleich um die nächste Ecke, hatte Lorenzo schon ein Zimmer in einem kleinen Albergo für sie beide reserviert. Und da waren sie dann auch sogleich hingegangen. Da waren sie sich gegenübergesessen, anfangs noch ziemlich weit voneinander entfernt, sie an einem Tischchen, er in einem Fauteuil, aber im Laufe des Abends waren sie dann doch immer näher zusammengerückt. Warum hast du mir all die bösen Dinge gesagt?, hatte sie ihn gleich zu Beginn gefragt, ohne Umweg, ohne Reserve, direkt ins Gesicht. Um zu zerstören, was nicht zu retten war, hatte er hart geantwortet, ohne zu zögern, ebenso vorbehaltlos, ebenso gnadenlos. Aber dann hatte ihn die so offensichtliche Tatsache, dass Emma jetzt extra zu ihm gekommen war, um ihre Liebe zu retten, dass sie ihn noch einmal hatte sehen wollen, so oder so, dass sie ständig an ihn dachte, wenn sie nicht mit ihm zusammen war, wie er an die Frau, von der er ihr in ihren Bergurlaub hinauf am Telefon geklagt hatte, die natürlich sie gewesen war, dass sie ihn also liebte, so wie er sie, auch wenn sie beide manchmal nicht wussten, wo sie mit dieser Liebe hinsollten, doch zusehends weicher gemacht und milder gestimmt. Am Ende waren sie in dieser Nacht, in der sie zusammenblieben, bis in den späten Morgen hinein, einmal mehr sehr verliebt ineinander gewesen. Alles Trennende zwischen ihnen war abgefallen. Zum Schluss auch die Kleider. Emma hatte manchmal nicht mehr gewusst, wo er anfing und wo sie aufhörte. Die Grenzen, die ihnen gerade noch so unüberwindlich erschienen waren, hatten sich aufgelöst.

An Ostern war sie wieder bei ihm gewesen. Die Osterferien wollte sie mit der Familie bei ihren Eltern verbringen, sie war schon vorausgereist. Diesmal besuchte sie ihn bei ihm zu Hause, in seinem Zimmer. Seiner Vermieterin hatte er sie als eine Verwandte vorgestellt, als seine Kusine aus Triest. Die alte Frau war es zufrieden gewesen. Sie war ausgegangen, sie hatte sie für ein paar Stunden allein gelassen. Zuerst hatte Lorenzo Emma ein paar Sachen aus Kalabrien gezeigt, die ihm sein Bruder mitgebracht hatte, ein paar Fotos, von seinen Eltern, von seinem Dorf. Dann hatten sie miteinander geschlafen.

Und am darauffolgenden Tag war Carlo mit Laura nachgekommen. Sie hatte die beiden am Bahnhof abgeholt und dann mit ihnen in der Stadt ein paar Erledigungen gemacht, die Ostertage betreffend, ein paar kleine Geschenke gekauft, ein paar Mitbringsel für ihre Gastgeber. Dann hatten sie sich wieder getrennt, und Carlo war mit der Kleinen zu deren Großeltern, Emmas Eltern, vor die Stadt hinaus vorausgefahren. Sie hatten ein Taxi genommen, Emma hatte Carlo dafür Geld gegeben, sie selbst hatte noch einige weitere Besorgungen zu machen, hatte sie gesagt, bei denen das Kind nicht dabei sein sollte, sie hatte den beiden an ihre Eltern schon Grüße mitgegeben, in zwei, drei Stunden wollte sie folgen, sie warf ein paar flüchtige Handküsse, die sie aus der Handfläche blies, wie sie es immer machte, hinter dem Taxi her, an die Adresse der Tochter, die durch das Rückfenster winkte.

Gleich darauf hatte ihr Handy geklingelt. Wenn du dich umdrehst, kannst du mich sehen, Lorenzos Stimme. Er war ihr gefolgt; jetzt stand er hinter der Glasscheibe in einer Bar gegenüber. Er hatte die Szene beobachtet. So kommst du nirgendwohin, sagte er, nicht einmal in die Hölle. Wenn du es allen recht machen willst, wollte er damit sagen, sie hatte ihn sofort verstanden. Höchstens durch dich, antwortete sie. Das Ganze war ihr unangenehm gewesen. Zum ersten Mal hatte sie auf diese konkrete Weise das Gefühl gehabt, Lorenzo sei über eine verbotene Schwelle getreten, ohne zu fragen, ohne anzuklopfen, er habe ein verbotenes Zimmer betreten, er sei in ihr Leben eingedrungen; als ob ihm das nicht erlaubt gewesen wäre. Sie hatte es ihm nicht gesagt.

Noch einmal war sie später bei ihm in Bologna gewesen, Anfang Juni dieses Jahres, das war noch gar nicht lange her, so, nur bei ihm, ohne anderen Anlass. Ohne gegebenen Vorwand. Den Vorwand musste sie diesmal erfinden. Sie fand keinen. Zu Hause, in Triest, war Carlos Schwester gerade gestorben, ganz überraschend, wenige Tage zuvor, Carlo hatte sehr an ihr gehangen, nun war sie schon unter der Erde. Und Laura hatte Prüfungen gehabt. Also eigentlich hätte sie gar nicht weggehen dürfen; sie war trotzdem gegangen. Die Tochter hatte sie deren Vater überlassen und diesen seiner Trauer und seiner Mutter. Die nach der Beerdigung für ein paar Tage bei ihnen wohnte.

Heiß war es gewesen, da schon, dieser heiße Sommer. Der immer noch anhielt. Bei ihm zu Hause waren sie wieder gewesen, in seinem Zimmer, bei der alten Frau, nackt, die Fenster standen weit offen, aus einem Garten etwas entfernt waren Grillen zu hören gewesen. Öl und Honig waren auf dem Tisch gestanden; der jüngere Bruder, Michele, der auch in Bologna lebte, der jetzt nicht dabei war, hatte beides mitgebracht, von zu Hause, aus Kalabrien, selber gemacht, vom Vater das Öl, vom Mann der Schwester, der Bienen hatte, der Honig. Daneben lag ein großes rundes Brot. Brot darf man nicht wegwerfen, hatte Lorenzo gesagt, sonst straft einen Gott, als noch davon übrig blieb. Dazu tranken sie Wasser und Wein. Sie hatte Wasser getrunken, er Wein. Und voneinander hatten sie auch genommen, immer wieder, abwechslungsweise, er war vor ihr gekniet, sie war vor ihm gekniet. Dann hatten sie sich auf dem Bett liegend voneinander erholt.

Er hatte geraucht, wie immer. Er hatte gehustet. Seine Venen waren angeschwollen gewesen. Seine Hände, die Füße gerötet. Es war ihr aufgefallen. Ich will dich nicht verlieren, hatte sie in eine Stille hinein plötzlich gesagt, ich weiß nicht, warum. Das kann ich dir sagen, hatte er geantwortet: weil du mich liebst. In Venedig hatte er einmal gesagt: Wir werden uns nie mehr verlieren, nur der Tod kann uns noch trennen. Wie lang war das her? Jetzt, als sie sich trotzdem trennten, beim Abschied, vor ihrem Auto, auf dem Parkplatz, in der Nähe des Parks, in dem sie sich zum ersten Mal geküsst hatten, vor wie vielen Jahren?, hatte er ihr einen Kuss auf die Stirne gegeben. Auf die Stirne, nicht auf den Mund, zum ersten Mal. Sei brav, hatte er zu ihr gesagt; wie zu einem Kind. Das war die letzte Begegnung gewesen. Seit jenem Abend hatte sie Lorenzo nicht mehr gesehen.

XXV

Auf dem Weg von Lorenzos Traumhaus zum Haus seiner Eltern, den Dorfrand entlang, hatte Emma seinem Bruder dies und jenes von sich und von ihnen beiden erzählt. Ach ja, mein Bruder, hatte Antonio immer wieder gesagt, kopfschüttelnd, nickend. Das meiste von dem, was sie sagte, hatte er nicht gewusst, trotzdem war ihm alles vertraut vorgekommen.

Woher hatte er seine Verletzung?, fragte Emma ihn jetzt. Welche Verletzung?, fragte Antonio zurück. Zwischen zwei Häuserzeilen, direkt in der Falllinie, über den tiefer liegenden Dorfteil hinweg, tat sich der Blick auf das Meer auf, das jetzt in der Ferne eine tiefblaue Färbung zeigte. Die Narbe in seinem Gesicht, sagte Emma, indem sie einen Augenblick stehen blieb. Die kleine Narbe auf seiner linken Wange. Er hat immer ein Geheimnis daraus gemacht. Eines Tages werde ich dir die Geschichte erzählen, hatte er gesagt, aber er hatte es nicht getan. Es gibt keine Geschichte, sagte Antonio. Ich habe ihn umgestoßen, auf dem Weg zum

Vater. Dort drüben. Er zeigte hinaus in die Hügel, auf einen sich zwischen ihnen verlierenden Weg. Wir sollten ihn am Abend aus den Feldern zurückholen. Ich wollte als Erster bei ihm sein. Wir rannten. Lorenzo fiel aufs Gesicht. Ein Steinchen grub sich in seine Wange. Das ist schon alles. Mehr gibt es nicht. Das ist die ganze Geschichte. Kain und Abel. Die typische Brudergeschichte.

Sie waren jetzt beim Elternhaus angelangt. Ein schmales Haus am Fuß einer Treppe, ein Eckhaus, die Fensterfront zur Gasse hinab, mit dicken Mauern, weiß getüncht, der Sockel dunkelrot eingefärbt, im Erdgeschoss eine Küche, ein kleines Wohnzimmer, dahinter ein Gang, das enge Treppenhaus zu den oberen Zimmern. Die Tür stand offen. Sie blieb immer offen, zumindest in dieser Jahreszeit, ein Schnurvorhang aus weißen und weinroten Glas- oder Plastikperlen schützte vor neugierigen Blicken, das war genug. Ein Anbau, jetzt mit einem braun gestrichenen Metallrollladen verschlossen, diente dem Olivenölhandel des Vaters. Überall standen Plastikblumen herum, in Töpfen oder in Vasen, neben ein paar echten Blumen. In jedem Raum hing ein Kreuz. Über dem Sofa im Wohnzimmer, in dem sie sich jetzt setzten, ein Bild der Madonna, in der Tischecke ein Fernsehgerät. Neben dem Tisch, dem Sofa gegenüber, an der Wand eine Art Familienaltar. Feriengrüße auf Postkarten, Familienfotos. Antonio als Jüngling mit der Gitarre. Ein Foto der jungen Eltern. Das Hochzeitsfoto der Schwester. Die Kinder natürlich. Schau dies, und schau das! Das Foto von Lorenzo, auch hier, das sie vor Ewigkeiten gemacht hatte; es war so weit weg. Man hatte sie schon erwartet. Die Vesper stand auf dem Tisch.

XXVI

Sie hatte Lorenzo nicht mehr gesehen, dafür hatten sie jeden Abend telefoniert. Bis er eines Tages, es war ein Mittwoch gewesen, sie erinnerte sich so genau daran, als ob es in der Vorwoche gewesen wäre, bis er an diesem Mittwochabend schon nach wenigen Minuten gesagt hatte, er könne nicht mehr sprechen, er sei erschöpft, er sei zu unruhig, zu angespannt, er warte auf Geld, das nicht komme, und er warte auf das Ja zu einem neuen Job, um den er sich beworben habe, das aber auch nicht komme. Eine ganze Weile schon habe er auf beides gewartet, vergeblich. Er hatte aber nicht sagen wollen, um was für einen Job es sich handelte, um den er sich beworben hatte, und um was für Geld, auf das er wartete. Aber morgen nun wolle er früh aufstehen und hingehen, wohin auch immer, das hatte er nicht erklärt, und alles endlich erledigen. Darum müsse er jetzt auflegen. Darum müsse er jetzt nach Hause, ins Bett, um noch genügend Schlaf zu bekommen, den brauche er dringend. Und sie hatte gesagt, dann rufe sie ihn also am kommenden Tag wieder an, über Mittag, dann könne er ihr sagen, wie alles gelaufen sei. Gute Nacht.

Aber am kommenden Tag hatte sie ihn nicht erreicht. Weder am Mittag noch am Nachmittag noch gegen Abend. Den ganzen Tag nicht. Auch nicht in der Nacht. Wann immer es ging, hatte sie es wieder versucht. Nichts, kein Empfang, kein Kontakt, nur das eigene Klingeln, das endlose eigene Klingeln, ins Nichts hinaus, bis es von Amts wegen abbrach. Immer wieder. Sonst nichts. Auch an den folgenden Tagen nicht. Die ganze Woche nicht. Auch am Wochenende nicht. Sie hatte es nicht verstanden. Ein Angstgefühl hatte sich ihrer bemächtigt oder zu bemächtigen versucht. Sie hatte es wieder verscheucht. Es war kein Platz für die Angst gewesen. Das Abschlussessen vor der großen Sommerpause in Lauras Schule war angestanden; da konnte sie sich nicht drücken. Eine kleine Regatta der Schüler untereinander mit ihren Eltern; das hatte Carlo ihr abgenommen. Der Schlusskonvent in der eigenen Schule. Die Ferienvorbereitungen einmal mehr für Sardinien. Das hielt sie in Atem. Es musste ja alles nichts heißen; vielleicht hatte er nur sein Handy verloren, und irgendwo klingelte es, wo er es nicht hörte. Oder inzwischen war ganz einfach der Akku leer.

Am Dienstag gegen Abend hatte es bei ihr geklingelt. Ein Gewitter war gerade im Anzug gewesen; Laura hatte sich auf dem Sofa neben ihrer Mutter einen sicheren Platz gesucht. Auf dem Display war eine fremde Nummer gestanden, aber aus der Hörmuschel kam die vertraute Stimme, die sich nach ihr erkundigte. Lorenzo?, fragte sie vorsichtig zurück, leise, um auch der anderen Seite Vorsicht nahezulegen. Ihre Tochter hörte ja mit. Sind Sie Emma?, fragte die Stimme, noch einmal. Lorenzos Stimme. Die Stimme, die wie Lorenzos Stimme klang. Sie war unsicher geworden. Was ist los?, sagte sie, duze mich doch! Ich bin Antonio, sagte die Stimme auf der anderen Seite, Lorenzos Bruder, ich habe deine Nummer auf seinem Handy gefunden, ich muss dir sagen, dass Lorenzo gestorben ist. Wir haben ihn bereits überführt. Die Beerdigung ist schon gewesen, heute. Und dann hatte er ihr noch von den genaueren Umständen berichtet.

Sie war wie gelähmt gewesen. Wie versteint. Eine ganze Zeit lang noch, nachdem sie ihr Handy längst ausgeschaltet hatte, gewohnheitsmäßig, ohne Bewusstsein, hatte sie ihren Körper nicht mehr gespürt. Mamma, hatte Laura erschrocken gefragt, was hast du, was ist mit dir? Nichts, hatte Emma da gesagt, langsam war sie wieder zu sich gekommen, sei ruhig, meine Kleine, ein Freund, ein Schulfreund, ein Freund aus der Kinderzeit ist mir gestorben. Und sie war ihr mit der Hand, die sie jetzt wieder spürte, über den Scheitel gestrichen.

Er hatte am vergangenen Mittwoch, nach ihrem letzten Gespräch, nach Hause gehen wollen. Vor dem Haus hatte er bemerkt, dass er die Schlüssel dort, oben in seinem Zimmer, liegen gelassen hatte. Die alte Frau war nicht da gewesen. Er hatte nicht ins Haus gekonnt. Da war er wieder in das Albergo gegangen, in dem sie zuletzt miteinander gewesen waren. Dort war er in der Nacht gestorben. Wahrscheinlich Herzversagen. Das Zimmermädchen hatte ihn am Morgen gefunden.

Das hatte Antonio ihr später erzählt. So hatte er sich den Hergang zurechtgelegt, nach dem Wenigen, das er wusste. Immer wieder hatte Emma ihn aus Sardinien angerufen. Es war wie ein Zwang gewesen. Immer wieder hatte sie seine Stimme hören wollen, die der Stimme des Toten so ähnlich war. Allein war sie mit ihrem Handy Tag für Tag an den Strand gegangen, um mit ihm zu telefonieren. Sie hatte das Bedürfnis gehabt, alles von ihm über seinen Bruder zu erfahren, was sie noch nicht wusste. Und er und seine Familie hatten umgekehrt das Bedürfnis gehabt, alles von ihr über das Leben ihres Bruders und Sohns zu erfahren, was sie noch nicht wussten. So war es am Ende auch zu dieser Einladung nach Kalabrien gekommen. Ohne Zögern hatte Emma sie angenommen.

Alles war plötzlich voll Tod gewesen. Von gestern auf heute. Von einem Augenblick auf den anderen. In allen

Menschen um sich herum, auch in den nächsten, hatte sie plötzlich nur noch die Toten gesehen, die auch sie bald einmal sein würden. Alle Menschen, zumal die älteren, aber nicht nur die, das hatte sie plötzlich bemerkt, so war es ihr plötzlich vorgekommen, sprachen in allem, worüber sie sprachen, im Grunde nur über den Tod. Die Geschichten des Gärtners vom Nachbargrundstück, die er ihr immer über den Zaun oder über die Hecke herüber erzählte, sie handelten von nichts als vom Tod, das war ihr jetzt plötzlich aufgefallen. Vor einem Haus, in einem Hauseingang, an dem sie beim Einkaufen zufällig vorbeikam, stand, wie zur Bestätigung, ein Sarg angelehnt. Darüber hatte sie doch mit jemandem reden müssen, über den Tod inmitten des Lebens. Ihren eigenen Leuten, ihren Eltern, ihrem Mann, ihrem Kind, hatte sie von dem, was geschehen war, was in ihr vorging, ja nichts erzählen können. Ihnen gegenüber war ihr der Mund verschlossen gewesen. Der musste sich wieder öffnen.

XXVII

Nach der Vesper, die aus Brot, Mozzarella, Tomaten und frischem Basilikum bestanden hatte, dazu Wasser und ein Glas weißen Weins, gingen sie zusammen zum Grab. Lorenzos Mutter, der Bruder, die Schwester, Emma. Die anderen blieben im Haus. Der Friedhof lag etwas außerhalb, im Rücken des Dorfs, in den Hügeln, in die hinein die Sonne jetzt unterging, in einem Olivenhain, auf der meerabgewandten Seite, er war schon von weitem zu sehen, ein gepflasterter Weg, leicht abfallend, dann wieder ansteigend, in weiten Kurven, brachte sie hin.

Hier war die Erde sehr dunkel, braunrot, im einfallenden Schatten fast schwarz. Das Gestein war dagegen ganz hell. Wo es nicht überwachsen war, leuchteten da und dort zwischen den Bäumen im vergehenden Sonnenlicht, wo es an den Hügelkuppen vorbei noch ins Tal fiel, fast stelenförmige weiße Felsen. Vom Talboden zur Rechten der Straße, auf dem ein paar Schafherden zusammenliefen, stiegen, ohne dass Feuer zu sehen gewesen waren, dünne, fast nebelartige Rauchschleier die entfernteren Hänge hinauf gegen den ausbleichenden Himmel. Das Meer, das sie linkerhand hinter der Schulter zurückließen, schien jetzt ganz hart, wie aus blaugrauem Metall. Bevor es endgültig hinter der letzten Wegbiegung verschwand.

Der Friedhof war klein. Von einer schroffen Steinmauer mit rauem Bewurf eingegrenzt, von hohen Zypressen gesäumt, lag er ein wenig erhöht, an den Hang geschmiegt, links ab von der Straße. Das große Eisentor, aus Stäben, die zur Kreuzform gefügt waren, war schon geschlossen, das kleinere links daneben stand offen. Als sie eintraten, flatterten irgendwo im Geäst über ihnen ein paar Vögel auf, die sie aber nicht sahen, nur hörten. Dann noch einmal und noch einmal. Zuerst tiefer, dann weiter oben. Sonst war alles still. Sie waren allein.

Das Geviert war wie eine kleine Stadt angelegt, fast geometrisch, mit Hauptstraßen und Nebenstraßen, parallel und gekreuzt, in rechten Winkeln, an ihnen die Häuser, klein, groß, die Grabstätten, die Familiengräber, manche halbe Kapellen, mit Vorgärten, mit Einfriedungen aus niedrigem Buschwerk, die meisten aus Marmor, an dem, in Tafeln eingraviert, die Namen ihrer Bewohner angebracht waren, dahinter oder darunter, in kleinen schwarzen oder goldenen Rahmen, ihre Porträts. Die Straßen, die Wege dazwischen waren aus hellgrauem Stein. Die Geschwister gingen voraus, die Mutter und Emma folgten ihnen.

In der vorletzten Reihe waren sie stehen geblieben, vor einem vierstöckigen Grabhaus aus schwarzem Marmor, das zweitoberste Stockwerk, unter dem Dachgiebel, gehörte Lorenzo, die darunterliegenden waren anders besetzt, das oberste war noch frei. Sein Bild, in Farbe, oval und in Gold gerahmt, hing zwischen einem Gekreuzigten und einem Engel über künstlichen weißen Lilien und über den Lebensdaten in einer Glasvitrine. Auf dunklem Grund. Sie sah ihm direkt in die Augen.

Gute, leidende, mitleidende Augen, unter hoher Stirn, ein klares Gesicht. Emma war erschrocken. Einen Moment lang spürte sie den Boden nicht mehr unter den Füßen. Als vielleicht Zwanzigjähriger war er auf dem Bild zu sehen, mit langen, schwarzen, gewellten Haaren, hinter die großen Ohren zurückgestrichen, so hatte sie ihn nie gesehen, sie hatte ihn zuerst fast nicht erkannt. Zwanzig Jahre war das her. Mit nicht einmal vierzig war er gestorben. Sie stellte ihr Bild von ihm, das sie von ihm gemacht hatte, das ihm gefallen hatte, das auch im Haus seiner Eltern und im Haus seiner Schwester hing, das sie ihm mitgebracht hatte, in einem einfachen Rahmen, dazu. Sie würden das alte auswechseln, später, sagte Antonio.

Die Mutter legte die Hände an den Stein. Lorenzo, schau, sagte sie, deine Braut ist gekommen, um dich zu besuchen. Das löste die Spannung ein wenig. Emmas Erstarrung. Ihre Versteinung. Ja, Versteinung, Versteinerung war etwas anderes. Jetzt erst begriff sie es wirklich: dass er da irgendwo lag, unter der Erde oder hinter dem Stein, genauer wollte sie es nicht wissen; und dass er tot war. Ein wenig wunderte sie sich, dass sie nicht weinte. Niemand weinte, auch von den anderen nicht. »Beweint meine Abwesenheit nicht, ich bin glücklich in Gott, und ich bitte für euch«, stand auf dem Grab, in Goldlettern eingraviert. Stattdessen hauchte sie einen Kuss in die Hand und legte die Hand auf den Stein. Ein wenig lächelte sie dabei sogar. Nach der zärtlichen Geste der Mutter konnte auch sie jetzt den Marmor berühren. Er war nicht so kalt, wie sie es erwartet hatte, er war so warm wie die Luft. Die Metallrose, die Lorenzo ihr einmal geschenkt und die in ihrem Haus auf Sardinien vor sich hin gerostet hatte, die sie den ganzen Nachmittag mit sich herumgetragen hatte, ließ sie bei ihm. Vor seinem Haus steckte sie sie in die Erde. Während sie zurückgingen, wurde es langsam Nacht. Nur ganz oben, auf den äußersten Mauern des Dorfs, dem sie sich wieder näherten, lag warm noch eine Erinnerung an das Licht.

XXVIII

Am Morgen hatte Emma unbedingt noch ein Bad im Meer nehmen wollen. In diesem Meer. In seinem Meer. In dem er als Knabe das Schwimmen erlernt hatte. Das Wasser war ihr wie Blut vorgekommen, so warm; blutwarm und dunkel, wenn sie weit genug hinausschwamm. Am Ufer war es glasklar.

Gegen Mittag hatte sie sich verabschiedet. Alle waren noch einmal zusammengekommen. Alle hatten sie ihr noch etwas auf den Weg mitgeben wollen, vom Vater das Öl, von der Mutter das Brot, vom Mann der Schwester den Honig. Die gleichen drei Gaben, die sie zuletzt bei Lorenzo bekommen hatte. Das hatte Emma erzählt. Es sind bei uns auch die Grabbeigaben, hatte die Schwester geantwortet, hier in Kalabrien, alle bekommen sie mit auf den Weg. Emma hatte sich für alles bedankt. Dann hatten sie Antonio und der Sohn der Schwester, Giacomo, die sie schon von dort abgeholt hatten, zurück zum Bahnhof von Rossano gebracht.

Jetzt sitzt sie wieder im Zug, fährt wieder die Küste entlang, diesmal in die andere Richtung, den Golf von Taranto hinauf, zurück in den Norden, durch die Olivenhaine, unter der steilen Sonne. Und wieder geht ihr dieses Gedicht durch den Kopf. Immer die gleichen Zeilen. Wieder fährt sie durch dieses Gedicht: Mit diesem Zug von Taranto kehre ich heim. Dahin, wo meine Seele gesund wird. Wo auch die Schatten hell sind. Zwischen Oliven und Zypressen. Zwischen Zypressen und Oliven. Wo ich die Liebe verlor.